Für Claudia

Christian Tautz

Rügen sehen und leben

Eine Sommergeschichte

Husum

Umschlagbild: Christian Tautz

Bibliografische Information der Deutschen Nationalbibliothek

Die Deutsche Nationalbibliothek verzeichnet diese Publikation in der Deutschen Nationalbibliografie; detaillierte bibliografische Daten sind im Internet über http://dnb.d-nb.de abrufbar.

Gesamtherstellung: Husum Druck- und Verlagsgesellschaft
Postfach 1480, D-25804 Husum – www.verlagsgruppe.de

ISBN 978-3-89876-336-3

Ausritt durch das „Muttland“

Die Sonne schien und Luisa war sauer. „Johannes Christian Gutmann, wir sind hier, um David zu suchen und nicht, um zu reiten“, schimpfte Luisa, als ich mir die Araberstute Sheila für einen Ausritt mit fünf anderen Reitern sattelte.

„Ich bin in zwei Stunden zurück“, erwiderte ich fröhlich.

„Aber …“

„Du suchst David seit fast dreißig Jahren, da kommt es auf ein paar Stunden nicht an“, unterbrach ich Luisa. Bevor sie weiter protestieren konnte, saß ich auf und schloss mich der Reitergruppe an.

Sheila hatte mich beschnuppert und mir die Hand geleckt, als ich sie von der Koppel holte. Hatte sie mich wiedererkannt? Vielleicht, sie ist seit ein paar Jahren mein Pferd für den Reiturlaub auf Rügen. Und nicht nur Sheila lockt mich jedes Jahr an die Ostsee, die Insel selbst übt eine magische Anziehung aus, wie auf die Künstler und Reisenden des 19. Jahrhunderts. Caspar David Friedrich war einer der Ersten, der die urromantische Natur Rügens in Farben auf Leinwand fasste. Seine Bilder von den Kreidefelsen, dem Eismeer und Kap Arkona bei Sonnenaufgang und bei Mondschein wecken bis heute naturromantische Gefühle, die im Zeitalter der Industrialisierung und zunehmender Rationalität als Gegengewicht zelebriert wurden. *„Ich muss allein bleiben und wissen, dass ich allein bin, um die Natur vollständig zu schauen und zu fühlen; ich muss mich dem hingeben, was mich umgibt, mich vereinigen mit meinen Wolken und Felsen, um das zu sein, was ich bin“,*[1] bekannte Caspar David Friedrich dem Dichter Wassily Joukowsky. Friedrich suchte Heilung seiner melancholischen Seele in der ursprünglichen Landschaft aus Wasser, Wiesen, Schilf, Wald und majestätischen Steilküsten, die er sogar bei Sturm und Gewitter erkundete, sodass sich die einheimischen Fischer ernstlich um sein Leben sorgten. Diese Natur, die dem Reisenden auf merkwürdige Weise einen Raum des Seins öffnet, der eine heilsame, fast andächtige

Ruhe vermittelt, ist heute schwerer zu finden als zu Zeiten Caspar David Friedrichs. Hunderttausende Urlauber bringen eine Vorstellung davon mit, was die Romantiker in ihren Gedichten, Romanen und Bildern gesät haben, eine Weltsicht, die die Vielfalt des Lebens, Mensch, Tier und Natur, als Einheit zu erfassen suchte. Bisweilen sehe ich in ihren Gesichtern die Enttäuschung darüber, dass auch auf Rügen die Zeit weitergegangen ist. Vordergründig, denn der Zauber dieser anrührenden Landschaft, in der sich Meer und Insel ineinander verschlingen, will gesucht und gefunden werden. So wie auf unserem Ausritt nach Altefähr.

Weite Wiesen und Schilffelder lagen vor uns und in der Ferne schimmerte der Kubitzer Bodden im Sonnenlicht. Am anderen Ufer des Boddens sahen wir die Halbinsel Lieschow. Der Anblick erinnerte mich an eine Geschichte in niederdeutscher Mundart von Gerd Lüpke über die Entstehung von Rügen. In freier Übersetzung lautet sie etwa so: *Als unser Herrgott die Welt gemacht hat, stand er eines Abends auf der dänischen Insel Bornholm und sah nach der pommerschen Küste. Bei ihm lagen seine Maurerkelle und die große Wanne, in der noch ein bisschen Mörtel war. Der liebe Gott wollte nichts umkommen lassen und die Küste gegenüber kam ihm ein bisschen nackt vor. Da nahm er den Rest aus seiner Maurerwanne und warf ihn von Bornholm über das Wasser nach dem Festland rüber. Aber er hatte nicht weit genug geworfen und so kam das nicht ganz ran an das Land und fiel ins Wasser. So entstand der Hauptteil von Rügen. Da kratzte unser Herrgott noch schnell alles zusammen, was in der Maurerwanne festgebacken war, und weil er keine andere Verwendung dafür hatte, klatschte er das auch noch an die Insel ran. Und so kam es, dass Rügen so bunt entzweigerissen aussieht.* [2]

Rügen ist ungewöhnlich und einmalig. Wie ein Archipel liegt es hingekleckst vor der Küste, mit kleinen Inseln und Landzungen, Buchten und Wieken, durchbrochen von den Bodden, die eigentlich Süßwasserseen sind, aber einen Zufluss zum Meer haben und deswegen leicht salzig schmecken.

Wind und Wasser nagen beharrlich an den Steilküsten und modellieren bizarre Formen. Zerrieben zu feinem, weißem Sand schwemmt die See das Gestein an anderer Stelle zu kilometerlangen Sandbänken an.

Hoch zu Ross sahen wir über das im Wind wogende Schilf hinweg auf den Bodden. Kleine Wellen kräuselten sich im Sonnenlicht und bei flauer Brise dümpelten ein paar Segelboote auf dem Wasser. Auf der anderen Seite lagen weite Wiesen und abgeerntete Kornfelder.

Über schmale Pfade ritten wir durch Wäldchen mit schlanken Kiefern und knorrigen Eichen, unter denen gefiederte Gräser wuchsen, golden erleuchtet von der Sonne. Wir kamen an sumpfigen Tümpeln mit allerlei Wildwuchs vorbei, ritten durch alte Pappelalleen oder entlang der undurchdringlichen Buschhecken, in denen Vögel zwitscherten.

Wir passierten die alte Backsteinkapelle von Bessin, die in einem Nest aus hohen, dichten Bäumen zu schlummern schien, und trabten hinter der Ortschaft auf ein weites Feld zu. Die Pferde warfen unruhig die Köpfe. Wir ließen die Zügel locker und galoppierten zum Bessiner Haken.

An einem Teich, eingerahmt von Buschwäldchen und saftigen Wiesen, parierten wir die Pferde durch. Abgeschieden von Touristenpfaden entdeckten wir Reste des alten „Muttlandes“, wie das Kernland von Rügen genannt wird. Die Natur ist im Südwesten der Insel unspektakulär. Doch die Weiden am Rande des Boddens, auf denen Kühe und Pferde grasen, vermitteln ein Gefühl von Frieden und Harmonie.

Wir ritten über einen Wirtschaftsweg den Strelasund entlang. Andrea, unsere Reitführerin, hatte meine kleine Auseinandersetzung mit Luisa gehört. Sie fragte mich danach und ich erzählte ihr, wie mich Luisa am Tag zuvor mit einer skurrilen Idee überfallen hatte:

„Wir fahren nach Rügen“, verkündete Luisa mir fröhlich, als ich ihr die Tür öffnete. Sie schob mich beiseite, ging in mein Schlafzimmer und holte den Koffer vom Schrank.

Irritiert lief ich ihr nach.

„Bitte, wo fahren wir hin?"

„Nach Rügen!"

„Wann?"

„Jetzt!", antwortete Luisa, während sie meinen Kleiderschrank öffnete und einen Stapel Hemden in den Koffer warf.

„Moment!", rief ich und nahm ihr meine Unterwäsche aus der Hand. „Erklärst du mir bitte, warum ich alles stehen und liegen lassen soll, um mit dir nach Rügen zu fahren?"

Luisa zog aus ihrem Cityrucksack eine alte Mappe und gab sie mir. „Die habe ich gestern auf dem Speicher gefunden."

Ich öffnete die Mappe, sie enthielt Kinderzeichnungen. Auf einem Deckblatt stand: „Sommerferien auf Rügen 1978".

„Hast du die gezeichnet?", fragte ich Luisa.

„Mein Schulfreund David Friedmann hat mir die Bilder geschenkt, als Mitbringsel aus den Ferien."

„Wer ist David Friedmann?"

Luisa setzte sich in meinen Lesesessel und sah verträumt in ihre Erinnerung. „David hat mich getragen, wie Christophorus das Kind", antwortete sie mit einem romantischen Augenaufschlag.

„Wohin?", fragte ich.

„Durch meine Grundschuljahre, als ich die ‚Heimat', das Flussschiff meiner Eltern, verlassen musste und in ein Schifferkinderheim kam."

Luisa blätterte in den Zeichnungen. „Ich möchte mir die Rügen-Bilder, die David jeden Tag für mich gemalt hat, ansehen, seine Reise nacherleben."

„Ach so", sagte ich leichthin, „ich dachte schon, du willst seine Verwandten suchen."

„Seine Verwandten?", fragte Luisa erstaunt. „Wie kommst du darauf?"

„Weil Rügen 1978 zur DDR gehörte. Wenn David beziehungsweise seine Eltern nach Rügen gefahren sind, dann höchstwahrscheinlich auf Einladung von Verwandten."

Luisa sah mich irritiert an. „Du meinst, vielleicht leben immer noch Verwandte von ihm auf Rügen …?"

Ich nickte.

„... und diese Verwandten könnten uns sagen, wo wir David finden!?“

„Schon möglich!“, antwortete ich und provozierte damit eine Idee, von der sich Luisa nicht mehr abbringen ließ.

„Sie hat ihren Schulfreund nie vergessen und sucht seit siebenundzwanzig Jahren nach ihm“, sagte ich zu Andrea gewandt.

„Was war so außergewöhnlich an diesem David?“, fragte Andrea.

„Ich weiß es nicht“, antwortete ich. „Vielleicht finde ich es in den nächsten zwei Wochen heraus.“

Wir trieben die Pferde über einen schmalen Pfad in den Strelasund und ritten im Wasser am Ufer entlang. Ein paar FKK-Freunde, die sich, vor den Blicken von Land her versteckt, im Schilf niedergelassen hatten, schreckten auf und lächelten unsicher, als plötzlich sechs Pferde mit Reitern auf ihr verborgenes Sonnenbad herabblickten. Auf der anderen Seite des Sunds sahen wir auf die mittelalterliche Stadtsilhouette von Stralsund, die im hellen Sonnenlicht lag. Ein Bild, mit dem die Hansestadt seit Jahrhunderten Seefahrer aus aller Welt begrüßt.

Als wir zum Gut zurückkehrten, wartete Luisa am Stall und klimperte mit den Autoschlüsseln. Mr. Wallace, Luisas zehn Jahre alter Border Collie, ihr treuer Hund, der sie überallhin begleitete, hatte schwer unter ihrem Schmollmund gelitten. Er warf mir einen flehentlichen Blick zu.

„Wo fangen wir an?“, fragte ich Luisa.

Sie reichte mir die erste Zeichnung aus Davids Mappe. Bis vor zwei Tagen wusste Luisa nichts von Rügen. Deswegen brauchte sie mich. Ich hatte die Insel vor Jahren entdeckt, als ich von meiner Redaktion den Auftrag bekam, eine Reportage über Rügen zu schreiben.

Ob meine Ortskenntnisse reichen würden, Davids Malereien zuzuordnen, musste sich aber noch herausstellen. Sein erstes Bild zeigte ein Haus mit einem mittelalterlichen Türmchen. Es sah aus, wie eine kleine Burg. Das Jagdschloss in der Granitz konnte es nicht sein, auch nicht Schloss Spyker. „Die Villa Odin in Sellin", fiel mir plötzlich ein.

„Sellin?", fragte Luisa. „Davids Oma hieß Selin – mit Nachnamen – und nur mit einem ‚l'."

„Sellin kommt aus dem slawischen, von ‚Zelinische beke', das heißt frei übersetzt ‚Grünes Land am Bach', hat mit Davids Oma also gewiss nichts zu tun", erwiderte ich.

„Oller Klokschieter!", rief Luisa.

Sellin und die weiße Leichtigkeit

Wir fuhren über die Deutsche Alleenstraße und ich dachte an den Rügenroman von Elizabeth von Arnim: *„Wandern ist die vollkommenste Art der Fortbewegung. … Denn wenn man sich anders als auf seinen eigenen Füßen vorwärts bewegt, so geht das viel zu schnell und man versäumt tausend kleine zarte Freuden, die am Wegrand warten."* [3] Das Vergnügen, die Insel zu Fuß zu erkunden, blieb Elizabeth ebenso versagt wie dem Urlauber des 21. Jahrhunderts. Elizabeths Reisepläne fielen der Konvention zum Opfer, denn selbstverständlich war es 1904 unmöglich, dass eine adelige Frau alleine auf Wanderschaft ging. Heute ist die Rastlosigkeit unserer Zeit dafür verantwortlich, dass wir Schusters Rappen im Schrank stehen lassen. Selbst im Urlaub erfasst uns das Profitstreben, nämlich möglichst viele Urlaubserlebnisse in möglichst kurzer Zeit anzuhäufen. Darum rasen wir mit dem Auto von Sehenswürdigkeit zu Sehenswürdigkeit und wundern uns, dass wir am Ende unseres Urlaubs nur gesehen haben, was wir ohnehin aus dem Rügen-Bildband kannten. Dem Auto fahrenden Genussmenschen bleiben nur flüchtige Ausblicke und vorbeihuschende Bilder, um den Schatz dieser Landschaft zu entdecken.

Kurz vor Sellin huschte so ein Bild vorüber: Der Selliner See glitzerte im Sonnenlicht, dahinter erhoben sich sanfte, mit hohen Gräsern bewachsene Hügel, auf denen sich einzeln stehende Bäume und Büsche ausbreiteten – ein romantisches Bild, das nach einem Wimpernschlag von reetgedeckten Häuschen wieder verdeckt wurde.

Hier standen einst die ärmlichen Bauernkaten des alten Sellin, das 1295 in die Annalen aufgenommen wurde.

„Halt bitte an!", drängte ich Luisa. „Ich höre etwas!"

„Wie? Ist was mit dem Auto?"

„Nein, da drüben am See."

Luisa hielt in einer Parkbucht und Mr. Wallace und ich liefen über die Wiesen zum Selliner See. Ich starrte in den Himmel und hielt die Hand an mein Ohr.

„Was ist los?", rief Luisa.

„Hörst du das nicht", schrie ich, „das Donnern der Hufe hunderter Pferde und wilde Kriegsgeschrei der Reiter?"

„Du bist verrückt", sagte Luisa. „Ich höre nur Vogelgezwitscher, das Muhen der Kühe und das Rascheln des Windes im Schilf."

„Tatsächlich?", sagte ich. „Dann muss ich mich getäuscht haben. Ich dachte, ich hätte sie gehört."

„Wen?", fragte Luisa.

„Die Wilde Jagd."

„Welche Wilde Jagd?"

„In diesen Wiesen liegen unter zwei Findlingen Leichnam und Pferd eines Schwarzen Ritters", erklärte ich Luisa. „Er kam im 13. Jahrhundert beim Versuch, das Mönchgut zu erobern, ums Leben, aber seine arme Seele findet keine Ruhe. *‚Ein riesiger Reiter, oft ohne Kopf, auf einem Schimmel oder Rappen, schreckt nächtlicherweile allein oder an der Spitze eines wütenden Heeres die Wanderer. Sein Name ist Wode, sein Heer besteht aus Kriegern, Nachtgeistern und Hexen. … Vor 60 bis 80 Jahren karrte Berta Millermann aus Baabe abends eine leere Heringstonne von Sellin in ihr Heimatdorf. Wie sie eben an den beiden Steinen vorbei war, vernahm sie rings um sich ein tolles Getöse, das sich anhörte, als ritten viele Reiter* *daher, so klirrte und klappte und schnaufte es um sie herum.*“[4]“

Luisa schüttelte lächelnd den Kopf und ging zurück zum Auto.

Wir standen vor der Villa Odin und verglichen sie mit Davids Bild. Er ließ das mittelalterliche Türmchen, das kaum über die klassizistisch anmutende Häuserfront der Villa hinausragt, größer und höher erscheinen.

„David liebte alte Türme und Burgen, alles, wo er hinaufsteigen konnte“, sagte Luisa. „So habe ich ihn auch kennengelernt. Er saß über mir in einem alten Ahorn im Pausenhof. Ich stand an den Stamm gelehnt, kaute auf meinen Lippen und hielt die Luft an, um nicht weinen zu müssen. Vater hatte mir verboten zu weinen. Die anderen Kinder ließen sich mit ihren Eltern und Schultüten fotografieren. Ich war allein, Vater hatte Maschinenteile für Rotterdam an Bord, er war spät dran. Meine Eltern setzten mich am Schifferkinderheim ab und fuhren weiter. Mutter war so traurig wie ich.

David saß im Baum und beobachtete mich. ‚Bist du ein Schifferkind?‘, rief er plötzlich und versteckte sich hinter dem Stamm. Ich drehte mich um, sah niemanden und antwortete nicht.

‚Die Schifferkinder sehen am ersten Tag immer schrecklich traurig aus‘, rief David aus seinem Versteck. ‚Hat meine Mutter gesagt.‘

‚Wer ist da?‘, rief ich und David antwortete, ‚der Baum spricht zu dir‘, und kicherte. Das ärgerte mich, ich schnauzte ihn an. ‚Ich bin zwar ein Schifferkind, aber nicht blöd.‘ Ich schlich um den Baum herum, immer schneller, bis David nicht mehr nachkam, sich zu verstecken. ‚Was machst du da oben?‘, fragte ich ihn.

‚Runterschauen‘, antwortete David.“

Luisa erinnerte sich an jedes Wort ihres ersten Gesprächs: „Und was siehst du?“, fragte Luisa.

„Dass alle kleiner sind als ich.“

„Warum bist du nicht bei den anderen? Bist du auch ein Schifferkind?"

„Nein!"

„Wo sind deine Eltern?"

„Müssen arbeiten!"

„Das ist dir wohl egal?"

„Ja, ich sitze lieber hier oben. Kletterst du auch gerne auf Bäume?"

„Ich weiß nicht, ich habe es noch nicht ausprobiert."

„Noch nie?"

„Wie denn? Auf unserem Schiff gab es keine Bäume."

„Schade, wäre doch toll, ein Schiff mit Bäumen."

„Du bist blöd."

„Komm rauf, dann siehst du, dass ich nicht blöd bin."

„Ich trau mich nicht."

„Dann komme ich runter und hole dich."

„David kletterte runter und half mir auf den Baum zu steigen", erzählte Luisa weiter. „Als wir nebeneinander auf einem dicken Ast saßen, fragte David, was ich sehe, und ich antwortete ihm. ‚Dass alle kleiner sind als ich. Ein Schiff mit Bäumen, das wäre wirklich toll. – Auf dem Wasser ist alles anders.' Wir haben beide einen Verweis bekommen, weil wir auf den Baum gestiegen sind", sagte Luisa und lächelte.

Sie bestand darauf, in der Villa Odin, der Post, der Kurverwaltung und der Sparkasse nach Familie Friedmann zu fragen. Die irritierten Gesichter der Angestellten im Sinn, waren wir fröhlich im Begriff, unsere Suche auf der Seebrücke fortzusetzen. Dutzende Urlauber lehnten an der Balustrade der „Himmelsleiter", der Freitreppe, die zum Strand hinunterführte, und schossen mit ihren Digitalkameras die Seebrücke fürs Fotoalbum ab. Ihre Gesichter verrieten leichte Unzufriedenheit, so als hätten sie eine Attraktion erwartet, die nicht gekommen ist. Genügte ihnen der erhabene Anblick von Meer, Strand und allerlei Seevögeln nicht?

Luisa war von den verspielten Türmchen und den beiden Glaspavillons des Restaurants auf der Seebrücke begeistert und wunderte sich, warum David davon nichts gemalt hatte.

„Weil die Seebrücke nach dem Krieg verfiel“, erklärte ich ihr, während wir die Himmelsleiter hinunterstiegen. „Die Selliner hatten nicht sehr viel Glück mit ihr. 1920 wurde sie durch ein Feuer zerstört und 1924 und 1942 von Eisschollen zerquetscht. Während der DDR-Zeit kümmerte sich niemand darum, das Bauwerk zu erhalten. Sie wurde erst 1998 wieder aufgebaut.“

Wir schlenderten über die Restaurantterrasse. Die Tische waren alle besetzt, aber es ging sehr ruhig zu. Die Seebadbesucher saßen in der Sonne, schauten und … ich suchte nach einem passenden Begriff … die Besucher schauten und … verflixt … sie schauten und … ja, eigentlich schauten sie nur. Unterhaltungen waren kaum wahrnehmbar und auch sonst passierte hier nur wenig.

Ich sah hinunter auf die weißen Strandkörbe, die das Leben vor der Seebrücke ordneten. Sie standen zwar nicht nach einem System im Sand, ergaben aber in ihrer Gesamtheit ein harmonisches Bild, das so aussah, als ob die Leute auch dort nur schauten.

Wir setzten uns im ersten Stock des Palmenpavillons an einen Fenstertisch mit Blick aufs Meer. Ein Ventilator, der aussah wie der Entwurf von Rotorblättern der Gebrüder Wright, fächelte Frischluft zu. Ein hölzerner Vogelbauer ohne Vogel hing von der Decke, und Efeu und Farne ohne Leben – weil aus Plastik – schmückten die Fenstersimse. Überall hingen und standen Schiffsleuchten und Glocken aus Messing, die aber vermutlich nie ein Schiff gesehen hatten.

Wir sahen auf die Gischt der Wellen, die unter uns am Strand aufschlugen, und beobachteten die Möwen, die über der Seebrücke kreisten. Wir hörten auf das Rauschen des Meeres und hatten das Gefühl, als säßen wir wirklich in einem Palmengarten über der See.

Ich bestellte Kaffee und Kuchen, als ein Mann in einer weißen, altertümlichen Uniform eintrat und sich an einen Tisch in der Ecke setzte. Ein halbes Dutzend Damen und Herren, bewaffnet mit Fotoapparaten, folgten dem Uniformierten. Der Mann lächelte huldvoll in das Blitzlichtgewitter, das sich über ihn ergoss. Die Augen der Damen glänzten und die Mienen der Herren verrieten patriotische Erregung.

„Wer ist das?", flüsterte mir Luisa zu.

„Er sieht aus wie der alte Wilhelm Malte von Putbus", antwortete ich.

„Malte von Putbus?", fragte Luisa.

„Fürst Wilhelm Malte I. hat Rügen zur Urlauberinsel gemacht. Die Ahnenlinien von Malte gehen bis zu den Slavenfürsten im 12. Jahrhundert und zu einem dänischen Adelsgeschlecht zurück. Seitdem haben die jeweiligen Patriarchen den Landbesitz der Familie peu à peu vergrößert. Trotzdem hinterließ Wilhelm Maltes Vater etliche Schulden, als er 1787 starb. Malte war erst vier Jahre alt und seine geschäftstüchtige Mutter übernahm das Zepter. Die Gräfin, im Volksmund ‚Präsidentin' genannt, mühte sich und sparte knapp fünfzehn Jahre lang, bis sie die meisten Verbindlichkeiten bezahlt hatte. Als Malte Anfang des 19. Jahrhunderts die Regentschaft übernahm, war er fest entschlossen, Putbus und sich selbst in Europa bekannt zu machen. Er studierte in Greifswald und Göttingen und bereiste Frankreich, Italien, Holland, Österreich und England. 1807 erhoben ihn die Schweden und 1815 die Preußen in den Fürstenstand. In England entdeckte er das Seebad in Bath. Die Idee, einen Badeort am Meer zu errichten, beeindruckte ihn offensichtlich, denn aus Bath holte er sich einige Anregungen, als er Jahre später Putbus zum mondänen Seebad für den europäischen Adel ausbaute."

„Ich frage ihn, ob er Davids Familie kennt", unterbrach mich Luisa und wollte aufstehen. Ich hielt sie zurück: „Malte von Putbus ist 1854 gestorben und ruht in der Fürstengruft von Vilmnitz." Luisa sah zu dem Mann im Malte-Kostüm. „Dann spielt er seine Rolle gut", sagte sie.

Ich stimmte ihr zu: „Wahrscheinlich ein arbeitsloser Schauspieler, er weckt die Illusion, der Fürst von Rügen sei tatsächlich auf die Insel zurückgekehrt, und sein Publikum erweist ihm die Ehre."

„Ich frage ihn trotzdem nach David", sagte Luisa und ging zum Tisch des vermeintlichen Fürsten. Ich folgte ihr.

„Verzeihen Sie", sagte Luisa, während sie sich setzte, „ich suche die Verwandten eines Freundes, sie heißen Friedmann, vielleicht auch Selin?"

Der Fürst zog die Augenbrauen hoch und sah Luisa despektierlich an. „Befinden Sie es nicht für notwendig, um Erlaubnis zu bitten, mich anzusprechen? Ich darf Sie daran erinnern, wen Sie vor sich haben. Ich bin Fürst Wilhelm Malte von Putbus, Erblandmarschall im Herzogtum Pommern und Fürstentum Rügen, ich trug den Nordsternorden und kämpfte in der Völkerschlacht zu Leipzig an der Seite des schwedischen Kronprinzen … "

„Er glaubt wirklich, er sei der Fürst", flüsterte ich Luisa ins Ohr.

Luisa erhob sich, präsentierte einen eleganten Hofknicks und sagte: „Verzeihen Sie, Fürst. Ich bitte Sie, mir die Gunst zu gewähren, eine Frage an Sie zu richten."

Der Fürst lächelte und bedeutete Luisa, sich zu setzen.

„Wie ist der Name, nach dem Sie mich fragten?"

„Friedmann oder Selin, mit einem ‚l'!", sagte Luisa.

„Sind sie von adeligem Stand oder gehören sie zu meinen Architekten, Bauherren oder Handwerkern?"

„Nein … ich fürchte … ich weiß es nicht", stammelte Luisa.

„So werde ich sie auch nicht kennen", sagte Malte.

„Man sagt, Sie seien Ihren Untertanen recht zugetan gewesen", mischte ich mich in das Gespräch ein.

„So ist es", antwortete der Fürst. „Selbst als sie mir in der Revolution anno 1848 – aufgestachelt von Demagogen – ihre Abordnung ins Schloss schickten. Aber ich hielt mich nicht mit Diskussionen auf. Ich sah selbst, dass einiges im Argen lag, und bot ihnen an, es gemeinsam zu überwinden. Ich baute für die Putbuser Frauen einen Brunnen auf dem Marktplatz. Ich verzichtete zudem auf das Monopol der Heringssalzerei, das Spinn- und Einliegergeld und verschiedene Hofdienste, damit meinen Untertanen das Leben leichter wurde. Sie dankten es mir, indem sie ihre unselige Revolte einstellten."

„Aber Malte, dat war'n doch keene Revolutionäre nich", rief plötzlich ein Mann, der hinter mir stand. Ich drehte mich um und sah einen stämmigen, unrasierten Kerl in einer alten Jeans und einem blauen Troyer. Unaufgefordert setzte er sich zwischen mich und den Fürsten und stellte sich als Bernie vor.

„Wie die kleenen Kinder standen die beeden vor dir und ließen sich von dir ihre Revolution wegnehmen", schimpfte Bernie. „Wo gibt's denn so wat, dat der Fürst seine eigene Revolution macht."

Bernie war sicher nicht zufällig hier, dachte ich. Unversehens waren wir offenbar in eine kleine Inszenierung für die Urlauber gestolpert.

„Revolution, wenn ich das schon höre", erwiderte Malte. „Rügen brauchte keine Revolution, sondern eine Vision für seine Zukunft."

„Ach wat!", sagte Bernie. „Deine Badegäste, die brauchten bestimmt eene Vision, wenn sie von Putbus aus dat Meer sehen wollten. Dat war eene mannich blöde Idee, een Seebad an eenem Ort zu bauen, wo es keene See gibt. Weeste, wat Heinrich Laube anno 1837 über Putbus schrieb:

‚Sonst ist … die stille Ostsee schuld, daß dies Seebad nicht so gesucht wird. Einmal nämlich ist die Bucht überall vom Lande eingeschlossen und nur nach Süden zu theilweise offen … es fehlt also ganz und gar an Wellenschlag, … Daß die Entfernung von Putbus eine halbe Stunde weit ist, mag auch hinderlich sein. Putbus würde verödet, wenn man an der Granitz eine Saison veranstaltete.'[5]"

„Ach papperlapapp", entgegnete Malte. „Darf ich den Herrn daran erinnern, was mir einst der preußische König Friedrich Wilhelm IV. schrieb:

‚Mein lieber Fürst! Ich komme Ihnen mit einer kleinen Völkerwanderung über den Hals wie anno 43. … Der König von

Sachsen … hat den Wunsch, das kreuzbrave Rügen kennen zu lernen, …. Da Sie, lieber Fürst, … das Ungeschick gehabt haben, daraus ein irdisches Paradies zu machen, so müssen wir bei Ihnen landen.'[6]

So sieht es nämlich aus, mein Lieber, Putbus hat herrschaftlichen Glanz auf unsere ‚kreuzbrave' Insel gebracht."

„Nu, dat hat dir ordentlich geschmeichelt, dat Königs und Co. bei dir, einem kleenen Provinzfürsten, logierten."

„Kleiner Provinzfürst? Ich trug ein Dutzend Titel im Staate und war außerordentlicher Botschafter Preußens bei der Krönung von Queen Viktoria", echauffierte sich Malte.

„Nu, dat is mir och egal", erwiderte Bernie. „Aber die Menschen, die Bauern und Handwerker, die hatten doch nix davon, dat sich die hohen Herrschaften hier amüsierten?"

„Sie hatten Arbeit und Einkommen", antwortete der Fürst. „Was glauben Sie, wie viel Baumaterial und Land ich verschenkt habe, damit sich ehrbare Menschen in Putbus ansiedeln? In Putbus konnten sie sich entfalten und ich war offen für ihre Anregungen und Wünsche. Sie durften daran teilhaben, eine weiße Residenzstadt zu bauen, neuartig in ihrer Architektur und Anlage. Sie hatten ihren Anteil, ein ‚irdisches Paradies' zu schaffen, wie Wilhelm IV. es ausdrückte."

„Nee, nee, nee! Du hast die Handwerker och ausgebeutet", warf Bernie dem Fürsten vor. „Du hast nur dann Arbeiten in Auftrag gegeben, wenn die Löhne am billigsten waren."

„Glauben Sie, den Menschen wäre es besser gegangen, wenn Rügen eine Bauern- und Fischerinsel geblieben wäre?", entgegnete Malte. „Sie vergessen, das Zeitalter der Industrie brach an."

„Dat mit der Industrie hat ja nu nich so gut geklappt", sagte Bernie. „Wenn ick an die Pleiten mit der Papiermühle in Lauterbach oder der Zuckerfabrik in Putbus denke. Da is mannich Geld draufgegangen."

„Das ist richtig. Dafür haben sich die Seebäder umso besser entwickelt."

„Nu biste stolz drauf, wat aus deinem Lebenswerk geworden is!?"

„Nein, bin ich nicht!" Bernie sah Malte überrascht an. „Ich habe mich gerne mit dem Hochadel umgeben, ebenso genossen habe ich die Zeit, die ich mit Künstlern, Wissenschaftlern und anderen gebildeten Menschen verbrachte. Doch dieses beliebige Volk, das sich hier eingenistet hat, macht mich rasend, und erst der Verfall der Sitten. Nackt springen am Strande Männer und Frauen durcheinander."

„Na, na, na, Malte, Sie haben es mit der Zucht und Ordnung ja auch nicht so genau genommen. Dem Studienfreunde Graf Veltheim die Frau auszuspannen, was für eine Schande", mischte ich mich in das Gespräch ein.

„So etwas dürfen Sie nicht sagen", erwiderte Malte. „Als ich die Gräfin Luise von Veltheim zum ersten Mal traf, war das Liebe, das hat jeder gespürt. Wir waren fast fünfzig Jahre glücklich verheiratet. Graf Veltheim hat sich aus eigenen Stücken von Luise getrennt und uns sogar zur Hochzeit gratuliert."

„Was meinten Sie mit dem Volk, das sich hier ‚eingenistet' habe. Etwa diesen Herrn hier?", fragte ich.

„Oh nein, dieser Herr verfügt offenbar über einige Eloquenz. Es drängte mich, ihm Rede und Antwort zu stehen."

„Wen dann?"

„Finden Sie es heraus", antwortete der vermeintliche Fürst. Er trank seinen Kaffee aus und sagte: „Es ist spät geworden, meine Damen, meine Herren." Er stand auf und reichte Luisa die Hand zu einem galanten Handkuss. Dann verließ er ohne ein weiteres Wort das Restaurant.

Luisa und ich schlenderten durch die Wilhelmstraße, berühmt wegen ihrer Seebadarchitektur. Die alte Hauptstraße von Sellin litt an diesem warmen Sommernachmittag nicht an Überbevölkerung. Die überwiegend älteren Touristen bummelten durch die Straße, schauten zögerlich, was die Souvenirläden, Boutiquen und fliegenden Händler anboten, und blickten zu den weißen Villen auf, die ein paar Meter über der Straße thronten. Eine kleine Gruppe ließ sich von einer Fremdenführerin, angetan mit einem rosa Kleid und

Sonnenhut im Stile der Jahrhundertwende, die Türmchen, Säulen, Erker und geschnitzten Balkone erläutern.

„Die betuchte Gesellschaft des 19. Jahrhunderts wollte ihre Sommerfrische in einer heiteren Leichtigkeit verbringen", erklärte ich Luisa. „Dementsprechend sollte die Architektur sein. Die Bauherren bedienten sich unterschiedlicher Stile. Sie verbauten französische und italienische Renaissanceformen ebenso wie gotische Elemente, um ihren Villen, die so blumige Namen wie Miramar, Vineta, oder Meeresgruß bekamen, eine unbeschwerte Heiterkeit zu verleihen. Die meisten Häuser der Wilhelmstraße wurden zwischen 1895 und 1910 gebaut …"

„Das genügt schon", unterbrach mich Luisa, „ich mache mir lieber selbst ein Bild von der verspielten Leichtigkeit in Weiß."

Eine beschauliche Urlaubsatmosphäre schlummerte über dem Ort, dennoch lag etwas Seltsames in der Luft, das sich nicht fassen ließ.

Plötzlich fiel mir auf, dass den vielen Balkonen etwas fehlte: die Menschen! Ein betrüblicher Zustand, schließlich erschöpft sich ihr Lebensinhalt darin, den Menschen Erholung im Freien zu bieten. Wann, wenn nicht an einem warmen Sommernachmittag, sollten sie diesen Zweck erfüllen? Überhaupt wirkten die Villen unbewohnt, in den verglasten Loggien der „Villa Meeresgruß" waren sogar die Vorhänge zugezogen. Verzweifelt suchte ich ein Bild, um mir die seltsame Ausstrahlung der Wilhelmstraße greifbar zu machen.

„Die Villen erinnern mich an eine Filmkulisse", sagte ich unvermittelt zu Luisa, „an von Baumeistern der Illusion geschaffene Werke".

„Unsinn", erwiderte Luisa mit einem Schmunzeln, „Sellin ist eine Schlafstadt. Hier wird nicht gelebt, nur geschlafen. Um diese Zeit gehen die Leute ihrer Arbeit nach."

„Die Leute machen hier Urlaub", warf ich ein.

„Das glaubst du!", widersprach Luisa. „Stell dir vor, Herr Meier kommt nach Hause, lädt den Kegelverein zum Diaabend ein und zeigt nur Bilder von der Wilhelmstraße. Er würde sich auf Jahre zum Gespött machen. Ob er will oder nicht, Herr Meier hat einiges abzuarbeiten, wenn er nach Rügen fährt: Kap Arkona, Binz, Kreidefelsen, Putbus, Stralsund, Hiddensee, das ist das Minimum."

„Und wenn Herr Meier lieber zwei Wochen am Strand liegt?", fragte ich.

„Dann muss er nach Mallorca fahren, da erwartet niemand etwas anderes", antwortete Luisa.

Ich musste ihr zustimmen, und die leeren Balkone, die uns traurig ansahen, amüsierte diese Erkenntnis gar nicht.

Luisa verfiel plötzlich auf die Idee, sich ebenfalls ins 19. Jahrhundert zu versetzen, so wie der falsche Fürst auf der Seebrücke. Sie verschwand in einem Bekleidungsgeschäft.

Statt in Jeanslatzhose und rotem Pullover kam sie nach einer Viertelstunde in einem langen, pastellfarbenen Kleid heraus, das ein bisschen nach Biedermeier aussah.

„Nun, wie sehe ich aus, Graf von Gutmann?", lachte Luisa und drehte sich schwungvoll im Kreis.

„Bezaubernd, Komtesse von Brauerswiek", schmeichelte ich ihr. Gott sei Dank verzichtete sie darauf, dass ich mich auch in Schale warf. Wir ließen uns auf einer der Restaurantterrassen nieder und beobachteten die Menschen.

„Sehen Sie nur, Herr Graf, dort drüben zieht der Baron von Witzel in die Villa Vineta ein. Schau an, schau an, er hat sein hübsches Töchterchen dabei. Sie wäre eben recht für den schmucken Sohn des Großindustriellen Banzler, der gestern die Villa nebenan bezogen hat. Glauben Sie da noch an Zufälle, mein lieber Graf?" Luisa ging völlig in ihrem Spiel auf.

„Weil Sie es eben erwähnen, Komtesse. Stimmt es, dass die Herzogin von Karlich ein Techtelmechtel mit dem jungen Major von Grantelitz hat? Ich dachte, sie sei zur Erholung hier, weil es mit dem Kinderwunsch des alten Herzogs nicht so klappt?"

Luisa lächelte verschmitzt. „Ach wissen Sie, mein lieber Graf, man sagt, die Seeluft habe bei unerfüllten Kinderwünschen wahre Wunder bewirkt. Ich für meinen Teil glaube, dass die schicken, jungen Offiziere die Gebärfähigkeit beflügeln."

„Aber Komtesse, Derartiges sollten Sie nicht zu laut äußern", erwiderte ich. „Nebenbei, wie geht es Eurem Neffen, dem Grafen von Nextleben. Man hört, er sei ein rechter Rabauke?"

„Sie werden es nicht glauben, Graf Gutmann, seit seiner Italienreise hat er sich völlig verändert. Die Kunstwerke Leonardo da Vincis haben ihn wieder auf die tugendhafte Bahn zurückgeführt. Mit einem unverhofften Eifer widmet er sich nun seinen Studien."

„Was Sie nicht sagen", antwortete ich, „für gewöhnlich steht dem jungen Adel der Sinn nach Abenteuern, nicht nach der Kunst."

„Es ist auch weniger die Kunst Da Vincis, die meinen Neffen begeistert, als vielmehr dessen kuriose Erfindungen. Für seine weitere Ausbildung hat sich mein Bruder von einem Gelehrten einen Lernplan für den jungen Grafen zusammenstellen lassen, der Wissenschaft und Humanität gleichermaßen in sich vereinigt."

„Er sollte das Kriegshandwerk nicht vergessen. Kaiser Wilhelm braucht tapfere Soldaten. Wer, wenn nicht der Adel vermag es, die Truppen zu führen und sich in den Kolonien und der zivilisierten Welt Respekt zu verschaffen." Ich konnte kaum glauben, dass ich, ein eingefleischter Pazifist, so etwas sagte, aber ich ließ mich von Luisas Spiel mitreißen.

„Oh nein", erwiderte die Komtesse. „Mit dem Krieg hat es mein Neffe nicht so sehr. Ich fürchte, seine Uniform dient mehr dazu, die Damen zu beeindrucken." Der Ober servierte den Kaffee und Luisa fuhr fort: „Wir sollten auch einmal eine Reise in den Süden unternehmen, mein Lieber. Der Baron von Speck, der in der Villa Meeresgruß residiert, hat mir erst gestern bei der Soiree von seiner Griechenlandreise berichtet und wusste erstaunliche Dinge über das Orakel von Delphi zu erzählen."

„Zu gerne würde ich mit Ihnen, meine liebe Komtesse, die

Akropolis erkunden und durch das erhabene Olympia schlendern."

„Graf Gutmann, Sie werden mich doch heute zur Soiree begleiten. Es werden einige Herren aus Ihrem Metier da sein. Man munkelt, Alfred Krupp schicke seine rechte Hand, um die Absatzmärkte in Pommern zu sondieren. Das wäre doch ein nettes Arrangement für Ihr Geschäft."

„Es wäre eine formidable Krönung meines Aufenthalts", erwiderte ich.

„Sehen Sie nur, Graf Gutmann, dort drüben steht die Generaldirektorin von Stuhlenburg mit einem gar liederlichen Menschen zusammen. Was sie mit dem wohl zu bereden hat?"

Bei der Fremdenführerin im rosa Kleid des 19. Jahrhunderts stand ein Mann, Ende fünfzig, mit offenem, kariertem Hemd, das über Boxershorts hing. Offensichtlich hatte man vergessen dem Herrn zu sagen, dass diese Art von Shorts unter der Hose zu tragen ist. Jetzt wusste ich, warum der vermeintliche Fürst Malte sich so abfällig über das „Volk" erregte, das sich hier „eingenistet" habe.

Ein Mann in Unterhosen läuft durch das gediegene Sellin und trifft auf die feine Gesellschaft des vorvergangenen Jahrhunderts – das passte nicht zusammen.

Die legeren Touristen von heute mit ihren schlabberigen, kurzen Hosen und ihren karierten Hemden, ihren Sonnenhütchen und Fotoapparaten, ihren Bikinis und Röckchen, passen nicht in die verspielte Leichtigkeit, die sich gediegene, von Knigge diktierte Großstädter vor über hundert Jahren gegeben haben. Die weißen Villen sind eben doch eine Kulisse, geschaffen von Baumeistern der Illusion – für Akteure, die es heute nicht mehr gibt.

In nur 130 Jahren wurde aus dem verschlafenen Fischerdorf Sellin ein mondänes Seebad, ein Arbeiter- und Bauernbad, ein verschlafenes, ehemaliges, mondänes Seebad und wieder ein mondänes Seebad.

Der gemeine Tourist des 21. Jahrhunderts bleibt in dieser Kulisse nur Besucher. Er schaut und staunt und weiß nicht, wie er diese Architektur in Weiß einzuordnen hat. Sie ist zu jung, um den Esprit des Urtümlichen zu haben, und zu alt für den Geschmack unserer schnelllebigen Zeit.

Wir lästerten über den Mann in Unterhosen und vergaßen die Komtesse und Graf Gutmann. Luisa griff nach ihrer Mappe und sah sich die zweite Zeichnung von David an. Sie gab uns Rätsel auf. „Das kann überall und nirgendwo sein“, sagte Luisa. David hatte einen Busch mit roten Blüten gemalt. Daneben offenbar eine Hauswand mit hohen, oben abgerundeten Fenstern. Krakelige Linien durchzogen die Wand, dazwischen rotes Mauerwerk.

„Könnte das ein Rosenstock sein?“, fragte ich Luisa.

„Vielleicht!“, antwortete sie.

„Dann habe ich eine Idee, wo David das gemalt hat“, erwiderte ich. „Wir fahren nach Putbus.“

Luisa zog sich wieder um, und während wir zum Auto zurückgingen, fragte ich sie: „Du hast deine Kindheit auf dem Wasser verlebt und kamst von einem Tag auf den anderen ins Heim. Das muss sehr schwer gewesen sein?“

Luisa lächelte mit dem bitteren Geschmack einer Erinnerung, die sie vergessen wollte. „Meine Mutter hat mir in den Tagen zuvor viel über die Schule und das Heim erzählt. Ich fand das sehr spannend, begriff aber nicht, was das mit mir zu tun hatte. Bis zu dem Tag, an dem ich bei meinen Eltern ‚abgemustert‘ habe. Meine Mutter stellte zwei Koffer aufs Bett und packte meine Sachen. Ich verabschiedete mich von meinem Vater, er sagte nicht viel, strich mir nur über den Kopf, dann gingen wir von Bord und fuhren mit einem Taxi zum Heim. Wir standen einen Augenblick vor dem alten Gebäude und sahen daran hoch. Es war kalt und die Fassade war grau, so ist mir das Heim bis heute in Erinnerung.“

„Auf dem Wasser war alles anders“, wiederholte ich ihre Worte, die sie zu David auf dem Baum gesagt hatte.

„Ja! Unser Schiff war ein kleiner, überschaubarer Kosmos, eine Welt für sich, die sich auf den Flüssen von einer Stadt zur anderen treiben ließ“, erwiderte Luisa. „Die vorbeiziehenden

Auwälder, die Vögel, das Plätschern des Wassers, es sind nur einzelne Bilder und Geräusche, an die ich mich erinnere. Manchmal nahm mich mein Vater mit in den Ruderstand. Ich sehe ihn noch vor mir, wie er an dem großen, hölzernen Steuerrad steht und auf den Fluss sieht. Nichts schien ihn umwerfen zu können, dann liebte ich ihn, und dachte, mir würde nie etwas geschehen, solange mein Vater am Steuerrad stand. Seinetwegen hatte ich auch den einzigen Streit mit David. Nach einem Urlaub am Meer, ich weiß nicht mehr wann, sagte David, er wolle Kapitän werden. ‚So wie mein Vater', erwiderte ich ihm. Darauf sagte er: ‚Die Flussschiffer sind doch gar keine richtigen Kapitäne.' Ich war wütend: ‚Sag das nie wieder', fauchte ich ihn an und ließ ihn wortlos stehen. Am nächsten Morgen holte er mich wie immer vom Heim ab, sagte aber keinen Ton, ich auch nicht, den ganzen Tag. Tags darauf war David krank und ich wurde auch krank. Es war unerträglich, ich fühlte mich, als hätte ich die ‚Heimat', unser Schiff, ein zweites Mal verlassen."

„Wie habt ihr euch versöhnt?", fragte ich.

„Gar nicht", antwortete Luisa. „Nach drei Tagen habe ich mich so gefreut ihn wiederzusehen, dass ich einfach so getan habe, als wäre nichts gewesen. Wir verloren nie wieder ein Wort über seine Bemerkung über Binnenschiffer."

Putbus, die schlafende Rosenstadt

Putbus, die weiße Stadt wurde sie genannt, oder auch Rosenstadt – Dornröschenstadt wäre auch ein treffender Titel. Bei Putbus muss ich immer an den Berliner Theaterkritiker und Schriftsteller Ludwig Sternaux denken: *„Eine tote Zeit schläft hier und erzählt sich selbst von der Vergangenheit."* [7]

Wir parkten am Circus, den Malte ab 1836 mit der Errichtung des Pädagogiums bebauen ließ.

Wie der Name sagt, ist der Circus ein runder Platz, um den sich sechzehn hochherrschaftliche Sommerresidenzen gruppieren, entworfen von Architekt Johann Gottfried Steinmeyer und dem Fürsten, der sich auf seinen Reisen ein stattliches architektonisches Wissen angeeignet hatte. In den klassizistischen Häuserfronten stehen die hohen Fenster in Reih und Glied und nur die akkuraten Ziergiebel lockern den Anblick auf. In der Mitte des Circus steht ein Obelisk, der an die Stadtgründung erinnert. Sternförmig führen Sandwege, gesäumt von Bäumchen und einer kniehohen Hecke, auf den Obelisken zu.

Vor jedem Haus blühen bis heute Rosenstöcke, so wie es Malte einst angeordnet hatte.

Steinmeyers Freund und Schwager Karl Friedrich Schinkel gab zu dem Ensemble einen zwiespältigen Kommentar ab. 1835 schrieb er über Putbus: *„Alle Gebäude des Örtchens sind freundlich und einladend. Vielerlei architektonische Anordnungen sind hier zusammengetragen, wenngleich nicht immer wie aus einem künstlerischen Guss geflossen, sodass die größeren Bauwerke im Stil etwas an russischen Anlagen in und um Petersburg erinnern.“* [8]

Wir suchten das Haus, das David gezeichnet hatte, und fanden zwei alte Villen, die verfallen waren und mit ihrem grauen, bröckelnden Putz den erhabenen Traum in Weiß störten. Wir verglichen sie mit Davids Bild. Zu DDR-Zeiten fand David vermutlich an jedem der Bauwerke nacktes Mauerwerk, sodass wir nicht entscheiden konnten, welche der Residenzen am Circus er gemalt hatte.

Wir gingen um das Rondell herum und wunderten uns. Plötzlich rief Luisa: „Ist hier jemand?“ Sie hatte Recht, hier war niemand. Fast niemand, ein Parkgärtner befreite mit einer Art Brennschere die Wege von Unkraut und ein Stadtstreicher saß biertrinkend auf einer Bank.

Wir gingen zu dem Gärtner und fragten ihn, warum hier kaum Leute zu sehen seien.

„Ach wissen Se, dat war doch nur een Traum des alten Malte“, klärte uns der Parkgärtner auf. „Eene weiße Residenzstadt, geschmückt mit roten Rosen. Aber dat Ulkige is, letztlich war Putbus och nur ’ne Feriensiedlung für die Schönen und Reichen – und Malte war ihr erster Kurdirektor. Sie globen ja gar nich, wer hier alles logiert hat: König Wilhelm IV., der schwedische Kronprinz Johann, der dänische König Christian VIII., Prinz Albrecht von Preußen, Otto von Bismarck, Wilhelm von Humboldt, Caspar David Friedrich und, und, und. Ick kann mir dat mannich gut vorstellen, wie die Herrschaften mit ihren schönen Fräuleins um den Circus flanierten. Dat war sicher een hübscher Anblick."

„War Malte eigentlich Freimaurer?", fragte ich den Gärtner.

„Ach, Sie meinen, weil dat hier kreisförmig angelegt is? Nu, der Kreis hat bei den Freimaurern eene große Bedeutung, weil da so mannich viel Harmonie drinne stecken tut. Dat is gut möglich, dat Malte hier seine edlen Ideale verbauen wollte, freie Entfaltung der Persönlichkeit, Achtung der Menschenwürde und dat ganze. Da denk ick natürlich, der Malte, dat war bestimmt een Freimaurer, aber so genau weiß man dat ja nich."

„Was ist aus dem alten Putbus geworden?", fragte ich.

„Mehr als een olles Schloss war da nich. Nee, nee, dat hier, dat hat sich Malte mit seinen Architekten ausgedacht und binnen fufzig Jahren ufgebaut. Wissen Se, als der Malte hier angefangen hat, da hat er 1808 in der Stralsunder Zeitung inseriert und nach Handwerkern und Tagelöhnern gesucht. Die mussten ‚*hinlänglich Beweise eines ordentlichen und stillen Betragens beibringen*'.[9] Wissen Se, wie viele sich da gemeldet haben? Nur eener! Und dat, obwohl es den Leuten in der Franzosenzeit gar nich so gut ging. Aber der eene, der hat ne Brauerei gebaut. Und wo 'ne Brauerei is, da gibt's och bald een Gasthaus, und wo een Gasthaus ist, da kommen och Gäste. So hat dat gar nich lange gedauert, da hat Malte een Badehaus gebaut und denn flutschte dat für een paar Jahre von selbst. Der Marktplatz, das Theater, die Badeanstalt in der Goor, der Circus – eens ufs andere hat Malte in die Landschaft gestellt. Und kaum dat alles fertig war, sind die Leute lieber nach Binz gefahren, weil dort das Meer is. Und nu steht se da, die weiße Rosen-Residenzstadt, und keener weiß so recht, wat Putbus nu eigentlich is, een Architekturmuseum, eene Ferienhaussiedlung oder vielleicht doch een Stein gewordener Traum in Weiß?"

Der Gärtner ließ uns mit dieser Frage alleine und pflegte ein Stück Vergangenheit, die wie eine schillernde Seifenblase auf die Insel gefallen war und jetzt nicht zerplatzen darf.

Luisa und ich gingen zum Schlosspark, den Malte ab 1804 erweitern und zu einem englischen Landschaftspark umgestalten ließ. Er ließ aus aller Herren Ländern exotische Bäume und Sträucher herbeischaffen, die sich inzwischen ausgebreitet haben.

Vom Schloss ist nur die Freitreppe zum verwinkelten und märchenhaft verwachsenen Schwanensee geblieben. Das Schloss selbst wurde 1964 abgerissen.

Auf dem Rückweg zum Auto besichtigten wir die Schlosskirche, die früher ein Kursaal war, und schlenderten am Marktplatz vorbei, der bis auf einen fahrenden Thüringer Rosta-Stand ebenfalls fast menschenleer war.

Am Circus saß immer noch der Penner. Er hatte sich auf seiner Bank häuslich eingerichtet und seine Habe, die er in einem alten Seesack aufbewahrte, um sich verstreut, viel war es nicht. Zwei Paar löchrige, dunkelgrüne, lange Wollsocken hingen zum Lüften über der Lehne, daneben eine lange, hellblaue Unterhose. Seine Schuhe hatte er ausgezogen. Er betrachtete eingehend seine nackten Füße und spielte mit den Zehen, als ob sie sich nach einem langen Winterschlaf den Strahlen der ersten Frühlingssonne entgegenstrecken wollten. Neben sich auf der Bank hatte der Penner allerlei Plastiktüten ausgebreitet.

Gemächlich kramte er in seiner Jackentasche und zog ein altertümliches Messer hervor. Er knüpfte sein rotes Halstuch auf und wischte das Messer damit ab. Ich bezweifelte, dass die Klinge nun sauberer war, aber der Mann legte offenbar Wert auf Ordnung. Denn er breitete sein Halstuch auf der Bank aus und nutzte es als Tischtuch für sein Abendbrot, bestehend aus einem Brotkanten, zwei verschrumpelten, leicht angefaulten Äpfeln und einem Räucherfisch.

Die Zeitung, in die der Fisch eingewickelt war, faltete er sorgfältig zu einem Quadrat und steckte sie sich wie eine Serviette in den Kragen. Er schnitt sich eine Scheibe Brot ab, legte ein Stück von seinem Fisch darauf, lehnte sich zurück, biss ab, schloss die Augen und kaute langsam und genüsslich.

Plötzlich stieß Luisa mich in die Seite und zeigte auf die Zeitung. In dicken Buchstaben prangte auf der Brust des Penners: „C. David Fried…", der Rest war umgeknickt.

„David Friedmann …", flüsterte Luisa. „In der Zeitung steht etwas über David."

Luisa fokussierte ihre Augen natürlich auf das „David Fried…" und übersah das „C.". Aber ich schwieg. Ich wollte zu gerne wissen, was sie anstellte, um an die Zeitung zu kommen. Wir gingen zu dem Penner auf der Bank.

„Entschuldigen Sie, dass ich störe", sagte Luisa höflich, „dürfte ich mir bitte für einen Augenblick Ihre Zeitung ausleihen?"

Abrupt hörte der Mann auf zu kauen, öffnete langsam die Augen und sah uns an, als ob wir ihn bei einem Schäferstündchen gestört hätten.

„Ich wollte fragen, ob Sie mir, ob Sie mir eventuell Ihre Zeitung …", stotterte Luisa.

„Ick bin beim Essen, sehen Sie dat nich?", antwortete der Mann.

„Ich dachte, ich könnte mal eben Ihre Zeitung …", versuchte sie es noch einmal.

„Wat wollen Sie? Meine Serviette?" Seine Augen blitzten uns durchdringend an. „Aber dat geht doch nich. Schließlich bin ick hier am Essen", sagte er, schloss die Augen und kaute weiter.

„Ich meine … ich wollte bloß einen Blick darauf werfen", sagte Luisa.

Der Penner richtete sich auf und erwiderte bedächtig: „Sagen Sie mal, gute Frau, wie stellen Sie sich dat denn vor? Ick bin hier beim Essen, und da soll ick Ihnen meine Serviette geben? Und wenn nu wat daneben kleckert? Wat dann? Denn haben Sie meine Serviette und ick hab die Schererei, dat wieder wech zu machen. So wat, dat geht doch nich."

Luisa wusste nicht, was sie darauf sagen sollte. Sie wagte noch einen letzten Vorstoß. „Aber, wenn Sie fertig gegessen haben, dürfte ich dann vielleicht …?"

Das war zu viel für den Mann. „So sind sie, die feinen Pinkel", sagte er streng, „wissen nich, wohin mit ihrem Gelde, und wollen einem alten Mann noch die Bettdecke wegnehmen?"

„Serviette!", warf ich zaghaft ein.

„Bettdecke!", blaffte der Penner uns an. „Dat is nu meine Serviette und heute Nacht is dat meine Bettdecke."

Jetzt sah Luisa nur noch eine Chance. Sie zog ihren Geldbeutel hervor und sagte: „Hier, ich gebe Ihnen zehn Euro …", und reichte ihm einen Geldschein hin.

Der Penner schüttelte den Kopf. „So geht dat doch nich", sagte er langsam, als ob er einem Kind das kleine Einmaleins erklären wollte. „Bei mir is dat nu ganz anders als bei euch. Ihr koft dat natürlich alles, wat ihr wollt, und denn werft ihr dat wieder wech, wenn ihr euch wat Neues kofen tut. Für euch is dat och ganz einfach, weil euch is dat alles ja nix mehr wert. Da könnte man dat och so sagen, dat ihr nix so richtig wat habt, wat euch wertvoll is. Da seid ihr aber wat mannich arm dran, wenn ihr nix Wertvolles mehr habt. Bei mir is dat nu anders. Dat eigene Bett, dat wird nich verkoft, und wenn es um dat Leben ging. Wat machste denn, wenn de keen Bett mehr hast? Dat eigene Bett, dat beschützt dich doch, wenn du schlafen tust wie een lütten Lümmel. Dat kannste nich einfach weggeben. Wenn de keen Bett mehr hast, dann haste nix mehr. Man muss schon uf sich Acht geben. Man is ja trotz allem noch een Mensch, und een Mensch sein, dat is wat Feines, dat merk dir."

Beschämt sah Luisa den Stadtstreicher an.

„Na, wat guckste so", fragte er mit einem süffisanten Schmunzeln. „Willste mir nich lieber sagen, wat de mit der ollen fettigen Zeitung willst?"

„Dieser Artikel hier", sagte Luisa verdattert und deutete auf die Überschrift, die sie entdeckt hatte, „der ist für uns sehr wichtig, wir suchen jemanden …"

Der Stadtstreicher schüttelte den Kopf. „Und deswegen eierst du hier rum wie een oller Seebär uf Landgang? Sag dat doch gleich, dat es hier uf Leben und Tod geht." Er nahm die Zeitung ab und reichte sie Luisa.

„Sie bekommen Ihr Bett in fünf Minuten wieder", versprach sie.

„Nee, nee, dat muss ja nu nich", sagte der Stadtstreicher, „wenn es den Herrschaften recht is, würde ich doch lieber die zehn Euro ..."

„Und das Bett?", rief ich überrascht.

„Ach wissen Sie, dat is schon so, wie ick dat gesagt habe. Aber dat Ding hier ... ick hab seit drei Tagen nich richtig geschlafen, weil dat so mannich nach ollem Fisch stinken tut."

Lachend gab Luisa ihm die zehn Euro und wir störten ihn nicht weiter beim Abendessen.

Mit spitzen Fingern faltete Luisa die Zeitung auf und las den Artikel – und wurde enttäuscht. Der Text enthielt nur ein paar allgemeine Floskeln, wo und welche Spuren Caspar David Friedrich auf Rügen hinterlassen hat, typisch Sauregurkenzeit.

Hiddensee und Gerhart Hauptmanns Papprollenmenschen

Am nächsten Morgen weckte mich Luisa mit einem zärtlichen Kuss. Sie kroch unter meine Bettdecke und streichelte mir über den Bauch. Das konnte zweierlei bedeuten: Entweder war sie heute besonders liebebedürftig – was meiner augenblicklichen Neigung durchaus entgegengekommen wäre –, oder es war noch ziemlich früh am Morgen, sodass sie gut daran tat, einen Langschläfer vorab zu besänftigen.

Letzteres war der Fall. Ich sah auf die Uhr: „Viertel nach sechs, bist du wahnsinnig?", rief ich.

„Wir haben heute so viel vor, mein Liebster, da wäre es dumm, die Zeit mit Schlafen zu vertrödeln", flötete Luisa fröhlich.

„Seit wann ist Schlafen vertrödelte Zeit?“, brummte ich sie an.

Es half nichts. Luisa war fest entschlossen. Das dritte Blatt in Davids Mappe zeigte zweifelsfrei den Leuchtturm von Hiddensee, und Luisa wollte möglichst viel von der Künstlerinsel sehen.

Ich fügte mich in mein Schicksal, das mit einer trockenen Semmel und einem Glas Wasser begann, und eine halbe Stunde später standen wir am Fährhafen in Schaprode.

Der Hafen, gut geschützt durch das vorgelagerte Hiddensee, spielt seit mehr als achthundert Jahren eine Rolle in der Geschichte Rügens. 1160 stattete das dänische Heer unter Waldemar I. Schaprode einen Besuch ab, womit der Ort in der Knytlinga-Saga verewigt wurde.

Schaprode hat die drittälteste Backsteinkirche auf der Insel. Von der ursprünglichen Kirche sei nicht mehr viel übrig, eine Besichtigung des Gotteshauses lohne sich trotzdem, las ich in unserem Reiseführer.

Aber das interessierte Luisa überhaupt nicht. Sie wollte so schnell wie möglich nach Hiddensee.

Am schnellsten wäre es mit einem Wassertaxi gegangen, aber Luisa litt an Platzangst und bevorzugte ein großes Schiff.

„Warum schauen die Leute so finster?“, fragte Luisa, als wir in einem Pulk von Touristen standen, die am Kai auf das Schiff warteten.

„Vielleicht ist das ein Auswandererschiff“, antwortete ich.

Der Gedanke gefiel Luisa und wir vertrieben uns die Zeit, indem wir den Menschen um uns herum eine Auswanderergeschichte andichteten. Unser Blick fiel auf ein junges Pärchen, das angespannt wirkte. Mit zusammengekniffenen Lippen und unsicheren Augen sahen sie sich um. Es schien sie zu schmerzen, ihre Heimat verlassen zu müssen. „Das ist ein Mädchen aus adeligem Hause, die sich in einen Fischer verliebt hat“, flüsterte mir Luisa zu. „Jetzt flüchten sie vor ihren Eltern, die sie an einen Grafen verheiraten wollen. Es zerreißt ihr das Herz, weil sie ihr geliebtes Rügen nie wiedersehen wird. Nie wieder wird sie durch die lichten Alleen schlendern oder sich lachend in die Wellen der Ostsee stürzen. Nie wieder wird sie durch die Felder spazieren und Kornblumen pflücken oder im duftenden Heu auf dem Felde liegen.“ Luisa seufzte bei dem Gedanken. „Sie wird ihre langen Ritte am Bodden vermissen. Dort hat sie ihren Liebsten getroffen. Er kam aus dem Schilf und mühte sich, sein leckgeschlagenes Boot an Land zu ziehen. Sie band den Bootsstrick an ihren Sattel und zog den Kahn mit ihrem Pferd ans Ufer. Dann stieg sie ab, sah dem jungen Fischer in die Augen und es war Liebe auf den ersten Blick. Und jetzt müssen sie fliehen und bezahlen ihre Liebe mit dem Preis, alles zu verlieren.“

Luisas Drang zur melodramatischen Romantik war in seiner Einfachheit anrührend.

Derart kleine Fantasien sind für uns mehr als ein alberner Zeitvertreib. Wenn uns das Leben zu langweilig wird, dann führt uns die Fantasie in die Abenteuer, die uns herausfordern.

Es regnete, als wir in Kloster auf Hiddensee anlegten. Missmutig schlüpften wir in unsere Regenjacken, da sprach uns ein Kutscher vor einem Zweispänner an: „Eine Kutschfahrt zum Swanti-Berg, zum schönsten Aussichtspunkt der Insel. Steigen Sie ein, bei mir bekommen Sie die schönste Inseltour, ohne nass zu werden.“

Wir stiegen in den Planwagen, in dem links und rechts auf den schmalen Bänken ein halbes Dutzend Leute saßen. Das Geschäft der Kutscher lief gut bei Regen. Während wir über einen matschigen Sandweg durch Kloster holperten, erzählte der Kutscher etwas über die Geschichte des Ortes.

Vom 13. bis zum 16. Jahrhundert war hier der Sitz des Zisterzienserordens, dem die Insel gehörte. Rund ein Dutzend Mönche und ein paar Laienbrüder lebten damals auf Hiddensee und führten Ackerbau und Viehzucht ein. Nach der Reformation verwaltete der herzogliche Rentmeister die Ländereien und das Kloster verfiel allmählich. Im Dreißigjährigen Krieg wurde es völlig zerstört.

Der Kutscher bog auf den Plattenweg nach Grieben ein, dem ältesten Ort auf der Insel, und die beiden norddeutschen

Kaltblüter Uta und Ulla fielen in Trab. Der Kutscher musste sie aber wieder durchparieren, weil uns ein Polizeiauto entgegenkam.

„Jo, zwei Polizisten haben wir och uf der Insel“, erklärte der Kutscher. „Die haben es hier nich so einfach, die müssen och sehen, wie sie sich den ganzen Tag beschäftigen.“

Uta und Ulla trabten wieder an und in gemächlicher, leicht schaukelnder Fahrt ging es weiter. Wir fuhren an den alten Fischerkaten in Grieben vorbei und ein Stück am Vitter Bodden entlang.

„Dort drüben ist der Bessin“, erklärte ich Luisa und wies auf eine Landzunge auf der anderen Seite des Boddens. „Die beiden Haken sind Neulandbildungen, die das Meer angespült hat. Der Alte Bessin ist etwa vierhundert Jahre alt. Bäume, Sträucher und Gräser siedelten sich hier offenbar erst im vergangenen Jahrhundert an. Denn der Altenkirchener Pfarrer Gotthard Ludwig Theobul Kosegarten schrieb Ende des 18. Jahrhunderts: *‚Dieses alte Busin ist das allerödeste Land, was ich je gesehen. Weder Gras noch Gebüsch bekleidet den abgestorbenen Boden.‘*[10] Der Neue Bessin gegenüber ist erst hundert Jahre alt und wächst jedes Jahr um dreißig bis sechzig Meter. Er ist unzugänglich und ein einmaliges Vogelparadies.“

Ich saß zum ersten Mal in einer Pferdekutsche. Das gleichmäßige Klappern der Hufe schläferte die Gedanken ein und weckte die Sinne für die Natur. Es musste zauberhaft gewesen sein, mit einer offenen Kutsche durch die Alleen auf Rügen zu fahren.

Wir bogen links ab zum Swanti-Berg und Ulla und Uta schnauften langsam den Hang hinauf. Kurz vor dem „Gipfel“ ging der Plattenweg in einen Sandweg über, in den der Regen tiefe Löcher gewaschen hatte. Obwohl unser Gefährt gut gefedert war, schaukelte es wie ein Schiff bei mittlerem Seegang. Ob die Kutschfahrten durch die rügenschen Alleen wirklich so zauberhaft waren?

Auf einem grasbewachsenen Rastplatz am Rande der Steilküste ließ uns der Kutscher aussteigen. Wir wollten unsere Inseltour zu Fuß fortsetzen und zahlten den Kutscher aus. Über einen schmalen Pfad zwischen dichten Sanddornbüschen stiegen wir zum Swanti-Gipfel hinauf.

„Schöne romantische, wild durcheinandergeworfene Berge, größtenteils ohne Spuren einiger Kultur und aller Kultur unempfindlich. ... Inselberge nun gar, umrauscht vom heiligen Vermögen des Meeres, sind mir der höchste Gipfel aller Naturerhabenheit. ...“[11], so beschrieb Kosegarten die Aussicht vom Swanti-Berg.

„Wild durcheinandergeworfene Berge“, das war schwer übertrieben. Vielmehr breitete sich eine liebliche Landschaft vor uns aus. Einsam standen wir auf der Anhöhe, als die anderen Urlauber zur Kutsche zurückgingen. Dichtes Buschwerk aus Sanddorn, Schlehen, Ginster und anderem Gesträuch bedeckte die Hügel. In der Ebene wechselte das Goldgelb hoher Gräser mit dem Grün von Weidewiesen und in der Ferne schienen sich Meer und Land ineinander zu verschlingen. Flach schob sich der Bessin ins Wasser und trennte die Ostsee vom Vitter Bodden. Im Osten sahen wir am Horizont den „Bug“ von Rügen und im Süden die Dünenheide von Hiddensee und den Gellen. Am Rande der Steilküste im Norden stand einer der Leuchttürme der Insel und rund hundert Meter unter ihm brandeten die Wellen der Ostsee gegen das Kliff des Dornbusches.

Eine Weile standen wir andächtig da und sogen die anmutige Schönheit dieser Landschaft auf.

Wir wollten ans Meer, wandten uns Richtung Osten und folgten einem kaum erkennbaren Pfad, der hin und wieder gefährlich nahe an die Abbruchkante der Küste reichte. Nach etwa einer halben Stunde erreichten wir den Aussichtspunkt „Enddorn“. Wir suchten uns einen Abstieg in der Steilküste – was eigentlich verboten ist – und rutschten, bisweilen auf dem Hosenboden, hinunter zum Strand.

Das Ufer war menschenleer und wir liefen wieder westwärts. Der kräftige Wind trieb die Wolken aufs Meer dem Horizont entgegen. Die Sonne, die nun öfter durchkam, ließ die Ränder der Wolkengebirge wie eine Korona weiß leuchten. Unablässig schufen Wind und Wolken neue Gebilde und Gestalten am Himmel. Wir entdeckten Elefanten, Dampfloks, Ungeheuer, Hexen ... das alltägliche Himmelsschauspiel regte unsere Fantasie an.

Wir setzten uns auf einen der Findlinge und sahen auf die Wellen, die gischtend gegen die Felsen anrollten, und beobachteten das Wechselspiel der Farben. Wo die Sonne durch die Wolken brach, funkelten die Wellen wie Brillanten auf blauem Samt, an anderen Stellen verliehen Wasserpflanzen der See einen türkisfarbenen Schimmer, und wo die Wolken Schatten warfen, lag das Meer bleiern grau. Chaotisch spritzte die Gischt auf, wenn die Wellen am Strand aufschlugen, und dennoch strahlte die heranrollende See eine wohltuende Harmonie aus.

Wir sahen den Möwen zu. Aus fünf, sechs Metern Höhe stürzten sie sich ins Wasser, verschwanden für einen Augenblick in den Wogen und tauchten mit einem Fisch im Schnabel wieder auf. Wir lauschten dem Rauschen der See und atmeten tief die salzig frische Luft.

„Das Meer setzt dem Auge keine Grenzen, nur blaugraues Wasser und Gischt bis zum Horizont, wie ein Bildnis für die Freiheit“, dachte ich. Ich sah in die Wellen und führte einen stillen Dialog, ob mit mir selbst oder dem Meer, ich wusste es nicht.

„So frei sein wie die Vögel, was für ein Traum“, flüsterte ich in die Wogen und fand in meinen Gedanken eine Erwiderung: „Die Vögel sind nicht freier als du. Sie bauen ihr Nest, suchen Futter und versorgen ihren Nachwuchs.“

Ich beobachtete die Uferschwalben. Sie spielten mit dem Wind, ließen sich von ihm in die Höhe tragen, vollführten artistische Kapriolen und segelten in einem scharfen Zickzackflug über das Wasser, als habe der Wind sie von der Schwerkraft entbunden. Es musste eine Lust für sie sein, zu leben.

„Ist das Leben für dich keine Lust?“

Ich runzelte die Stirn: „Oft ist es kompliziert“, murmelte ich und folgte dem Gedankengang, zu dem mich die Vögel animierten. „Die Uferschwalben graben sich ihre Höhle im Sand der Steilküste. Was würde geschehen, wenn man ein Uferschwalbenpärchen im Gebirge ansiedelte? Sie würden sich an den Felswänden die Schnäbel wund picken, weil sie nicht begreifen, dass sie den Stein nicht aushöhlen können. Ihr Leben würde auch kompliziert."

Ich schüttelte den Kopf: „Unsinn, kein Mensch käme auf die Idee, Uferschwalben im Gebirge anzusiedeln."

„Weil sie dort nicht hingehören. Doch wie viele Menschen leben an einem Platz, wo sie nicht hingehören? Wie viel Kraft müssen sie aufwenden, das zu erfüllen, was andere erwarten, anstatt das zu tun, was ihrem Wesen und ihren Fähigkeiten entspricht? Es ist Aufgabe und Verantwortung, unseren Begabungen – und damit dem Leben – gerecht zu werden."

Das überzeugte mich nicht: „Die Uferschwalbe schert sich nicht um Aufgabe und Verantwortung. Sie sucht sich, wie die meisten Menschen, den einfachsten Weg zum Überleben. Tiere sind Opportunisten. Sie entwickeln Strategien, die effektiv sind."

„Aber keine Uferschwalbe käme auf die Idee, ein Vogelhäuschen zu bauen, um den Weibchen zu imponieren."

Ich grinste spöttisch: „Wie, bitte, soll eine Uferschwalbe ein Vogelhäuschen bauen?"

„Eben! Die Uferschwalbe weiß, was sie vermag und was nicht. Die Menschen glauben, sie könnten alles. Sie erdenken sich die Imagination eines Lebens und ihre Fähigkeiten sollen der Idee folgen, anstatt zu sehen, welches Leben sich aus ihren Begabungen ergibt. Der Uferschwalbe bleibt keine Wahl. Sie muss ihr Nest im Sand bauen, dafür hat die Natur sie ausgestattet. Die Menschen haben die Freiheit, sich ein Leben zu erfinden, die Ordnung der Natur ist festgelegt. Jedes Wesen, Wind und Wetter, Wasser und Land haben eine Funktion in diesem System. Der Mensch ist ein Teil davon, er hat einzigartige Fähigkeiten, dem Leben zu dienen. Das können wir ignorieren, aber dann verlassen wir den natürlichen Zyklus und dürfen uns nicht wundern, wenn unser erfundenes Leben kompliziert wird."

„Dem Leben dienen? Wie?“ Ich sah in die Weite der See, sie setzte den Sinnen keine Grenzen. Gedanken und Widersprüche schienen nichtig, und ich fühlte das Leben als Ganzes, es war eine Lust es zu fühlen.

„Wenn Sinne sich frei entfalten, spürst du, was wichtig und was nichtig ist.“

Ich lauschte dem Rauschen der Wellen und versank in einen unwirklichen Zustand, in dem ich nichts dachte, sondern nur lebte.

Plötzlich legte Luisa ihren Arm um meine Schultern und holte mich in die Wirklichkeit zurück. Sie lächelte, als habe sie ebenfalls Zwiesprache mit dem Meer gehalten.

„Komm, gehen wir weiter“, sagte sie.

Beim „Toten Kerl“ versperrte uns ein Erdrutsch den Weg. Vor ein paar Jahren stürzten tausende Kubikmeter Steilküste ins Meer und begruben den Strand unter sich. Der Abschnitt glich einem Felssturz im Hochgebirge. Aber was aussah wie Felsen, war fest zusammengepresster Sand. Ein schmaler Pfad schlängelte sich zwischen meterhohen Sandfelsen hindurch. Einige Pionierpflanzen und ein paar bunte Blümchen besiedelten das Areal. Wir setzten unsere Schritte mit Bedacht, denn bisweilen zerfiel der Weg unter unserem Tritt zu feinem Sand, der sich in tiefe Spalten ergoss.

Nachdem wir das Hindernis überwunden hatten, schlenderten wir von Zeit und Gedanken entbunden den Strand entlang, entdeckten kleine Kunstwerke, die jemand aus Federn, Hühnergöttern, Muscheln, getrocknetem Seegras und anderem Strandgut im Sand aufgestellt hatte, und sahen in die Weite von Himmel und Meer.

„Ich habe am ersten Schultag nur zum Fenster hinausgestarrt“, erzählte Luisa plötzlich. „Die Lehrerin, Fräulein Konstanze, fragte mich, ob es dort draußen etwas Besonderes zu sehen gibt. Ich sah sie verwundert an und sagte leise: ‚Die Welt steht still, sie bewegt sich nicht mehr.‘ Die anderen Kinder lachten mich aus, nur die Schifferkinder nicht.“

„Und David?“

„David lachte nicht, er lächelte, als ob er genau wüsste, was ich meinte."

„Offen gestanden ... ", stotterte ich.

„Was verstand ich als Kind davon, dass sich unser Schiff bewegte", antwortete Luisa. „Für mich sah es so aus, als ob sich die Welt um uns bewegt. Ich saß oft am Fenster oder an Deck und beobachtete die Flussufer, die Auwälder und Städte, wie sie an mir vorüberzogen, wie in einem endlosen Film, langsam genug, um sie zu betrachten, aber unablässig sich verändernd. Und plötzlich saß ich in der Schule und die Welt draußen stand still. So fühlte ich mich auch. Ich stand still, starrte die Lehrer, die Heimschwestern und die anderen Kinder an und verstand nicht, was geschehen war."

„Verstand David dich?", fragte ich.

„David war bedingungslos für mich da. Er hat mich verteidigt, wenn andere Kinder mir die Schulmilch wegnehmen wollten, und er hat mir vorgesagt, wenn ich wieder nur zum Fenster hinausgesehen und die Fragen von Fräulein Konstanze nicht gehört hatte. Es ging nicht um verstehen, ich sehnte mich nach jemandem, der so fest am Steuerrad stand wie mein Vater."

„Aber dafür war David zu jung", warf ich ein.

„Ja", erwiderte Luisa, „aber er war in der Stadt aufgewachsen. Er steuerte uns durch das Schulleben und ich verließ mich auf ihn, blind und ebenso bedingungslos, wie er für mich da war. Als ich einmal die Geschichte vom Heiligen Christopherus hörte, stellte ich mir vor, wie David mich aus meiner kleinen Welt auf dem Schiff über den Fluss an Land trägt, über den Fluss, der zwischen meiner Kindheit und dem Rest meines Lebens liegt." Luisa schwieg wieder und zog sich in ihre Erinnerung zurück.

Erst als wir die Treppe zum Leuchtturm hinaufstiegen, widmete sie sich wieder der Gegenwart und wollte auf kürzestem Weg zurück nach Kloster.

Luisa ging zum Hafen, um sich dort nach Davids Verwandten umzuhören. Ich wollte mir unterdessen das Gerhart-Hauptmann-Haus ansehen.

Ich bezahlte meinen Eintritt und ging den Weg hinauf zu Hauptmanns Anwesen. Buchen, Birken und Kiefern standen rund um das Haus, an dem sich seit Hauptmanns letztem Besuch nichts verändert hat. Schon von Weitem sah ich eine Menschentraube vor dem Eingang. Es schien, als empörten sich die Besucher über etwas.

Plötzlich trat ein Mann hinter einem Baum hervor. Ich besah mir seine stattliche Gestalt, seine wuscheligen, weißen Haare, die wirr die hohe, rundliche Halbglatze umgaben.

Er kann es nicht sein, dachte ich, Gerhart Hauptmann liegt auf dem Friedhof von Kloster begraben. Dennoch hätte ich schwören können, den schlesischen Dichter leibhaftig vor mir zu haben.

Tiefe Falten zogen sich durch seine Stirn und die Wangen hoben sich als kleine Hügel scharf von der flachen Mundpartie ab. Seine Mundwinkel hingen herunter und er sah mich aus traurigen, großen Augen an. Langsam stellte er seinen Koffer vor mir ab und sagte: „Ich habe gepackt und mein Haus zugesperrt. Sie haben nicht einmal gemerkt, dass ich es selbst bin.“

Ich sah ihn skeptisch an und überlegte einen Augenblick. Ich entschied mich, das merkwürdige Spiel dieses Mannes, der anscheinend tatsächlich glaubte, Gerhart Hauptmann zu sein, mitzuspielen. „Wollen Sie das wirklich tun, Hiddensee verlassen?“, fragte ich ihn.

„Ja!“, erwiderte er. Er nahm seine Koffer und schickte sich an, weiterzugehen, aber ich stellte mich ihm in den Weg.

„Herr Hauptmann, bitte, Sie können doch nicht weggehen – warum?“

„Das lässt sich nicht in ein paar Sätzen sagen“, antwortete er unwirsch und ging an mir vorbei. Ich ließ nicht locker und stellte mich ihm erneut in den Weg.

„Dann erklären Sie es mir“, sagte ich.

„Warum sollte ich?“, sagte Hauptmann. „Wieso interessiert Sie das?“

„Sie wissen doch, wie neugierig Journalisten sind“, antwortete ich. „Darf ich Sie zu einem Spaziergang am Strand einladen?“

Hauptmann blickte mich forschend an. Schließlich stimmte er zu.

„Wollen Sie mir vorher einen Gefallen tun? Sperren Sie einstweilen Ihr Haus wieder auf."

Wir ließen seine Koffer im Kassenhäuschen und übergaben die Haustürschlüssel dem Kassierer, dem fast sein Pfeifchen aus dem Mund gefallen wäre.

„Warum wollten Sie Ihr Haus zusperren", fragte ich Hauptmann, während wir am Strand Richtung Vitte gingen.

„Sehen Sie, ich habe dreißig Jahre fast jeden Sommer auf Hiddensee verbracht. Ich liebte die Weltabgeschiedenheit und Verlassenheit, das gab der Insel den grandiosen Ernst unberührter Natur. Ich arbeitete und die Gedanken flossen frei."

„Und jetzt wollen Sie Haus Seedorn aufgeben, warum?"

Es schien, als versuche Hauptmann sich an etwas zu erinnern, dann sagte er langsam:

„‚Hier, wo mein Haus steht,
wehte einst niedriges Gras:
ums Herz Erinnerung weht,
wie ich dereinst
mit Freunden hier saß.
Wir waren zu drein,
vor Jahrtausenden mag es gewesen sein.
Es war einsam hier,
tief, tief!
So waren auch wir.
Verlassenheit über der Insel schlief.
Dann kam der Lärm,
ein buntes Geschwärm:
entbundener Geist,
verdorben, gestorben zuallermeist …'[12]

Es ist, als hätte ich es bei meinem letzten Besuch 1943 schon vorhergesehen. Eine entsetzliche Dummheit hat um sich gegriffen und die Rede der Menschen zu einem inhaltslosen

Geplapper verkommen lassen", erklärte Hauptmann. „In meiner Familie hörte ich die Geschichten über das menschenunwürdige Leben der schlesischen Leinweber. Ich besah mir ihre Not und die drangsalierende Härte der Fabrikanten. Das Elend ließ den Webern keinen Raum, sich zu entfalten, ihr Lohn war nicht mehr als ein Almosen. Sie wurden ausgeschlossen vom Leben, ihr Sein reduzierte sich auf Arbeit. Für die Industriellen, Kaufleute und den Adel, die im Überfluss lebten, war diese Ordnung von Gott gegeben, unmöglich, sie in Frage zu stellen. Nächtelang philosophierte ich mit Freunden in Haus Seedorn oder bei unseren Spaziergängen am Strand über die gerechte und menschliche Gesellschaft. Eine neue Literatur gab mir das Instrument in die Hand, das Leid aus dem Verborgenen zu holen, indem ich mir gestattete, die Wirklichkeit, so wie sie vor mir lag, ohne Verklärung und Pathos minutiös zu beschreiben. Aber eine menschliche Gesellschaft lässt sich nicht verwirklichen, indem man über die Niederungen des Menschseins schreibt."

„Was ist eine menschliche Gesellschaft?", warf ich ein. „In den ‚Webern' sind Sie eine Antwort schuldig geblieben. Sie wussten es nicht."

Hauptmann lächelte verlegen: „Ich weiß, ‚Nu, ja, ja, – nu, nee, nee …', mal so, mal so, das hat man mir oft vorgeworfen, vor allem, als ich mich nicht eindeutig gegen die Nationalsozialisten stellte. Ich durchlitt jede Veränderung im Staat ebenso wie in meinem Leben und war gleichzeitig ein Verehrer der Wanderung und Wandlung. Ich habe mich oft mit Menschen beschäftigt, die an ihrer Unzulänglichkeit und in deren Folge an der Welt scheitern. Aber was ist Folge und was ist Wirkung? Scheitern sie nicht letztlich an der gesellschaftlichen Ordnung? Zu meiner Zeit, weil ihnen der gerechte Lohn vorenthalten wurde."

„Und heute?", fragte ich.

„Weil sie ignoriert werden. Weil die Gesellschaft aus Dummheit viele Menschen übersieht."

„Wie meinen Sie das?"

„Ich will es Ihnen an einem Beispiel deutlich machen. Warum ist es verboten, alkoholisiert mit dem Automobil zu fahren?“

„Weil der Alkohol die Reaktionsfähigkeit herabsetzt und …“

„Das meine ich nicht“, unterbrach Hauptmann, „Sie haben dafür einen Begriff, der mir im Augenblick nicht einfällt … bitte helfen Sie mir … etwas mit ‚Blick‘ …“

„Sie meinen Tunnelblick?“

„Ja, richtig, man hat einen Tunnelblick. Überlegen Sie, was bedeutet das? Es besagt nichts anderes, als dass wir nur einen kleinen Ausschnitt von dem sehen, was wir sehen sollten, um das Automobil sicher zu steuern.“

„Ich verstehe nicht, worauf Sie hinauswollen“, entgegnete ich.

„Stellen Sie sich vor, Sie würden mit einem Tunnelblick durch das Leben gehen und nur noch einen kleinen Teil dessen wahrnehmen, was Sie täglich erleben“, antwortete Hauptmann. „Stellen Sie sich vor, Sie würden Entscheidungen treffen, vielleicht lebenswichtige, obwohl Sie mit Ihrem Tunnelblick nicht im Stande sind, alles zu erkennen, was für Ihre Entscheidung bedeutsam ist. Hielten Sie das für klug?“

„Sicher nicht“, antwortete ich, „aber die meisten Menschen gehen nicht betrunken durchs Leben.“

Hauptmann lächelte verbittert. „Ja, aber sie haben einen Tunnelblick. Sie sehen wie Kinder durch eine Papprolle und sehen nur das, worauf sie ihr ‚Fernrohr‘ richten. Sie schaffen sich in ihrem Kopf ein Bild von dem, was sie für interessant und lebenswert halten. Erfolgreich, schön und reich, das sind die Attribute, von denen sie sich magisch angezogen fühlen. Sie richten ihre Papprolle auf nichtige Vorbilder und ihr Tunnelblick versperrt ihnen die Sicht auf andere Menschen, die nicht selten viel interessanter sind. Sie reduzieren das Leben, indem sie das zur Wahrheit erklären, was sie in ihrer Papprolle sehen, und merken nicht, wie sie immer mehr verdummen, weil sie einen großen Teil des Lebens und damit der Wahrheit ignorieren. Sie merken nicht, wie ihre Sinne und Gefühle verkümmern, es gibt nichts mehr für sie zu tun, wenn sie beständig im gleichen Bild verharren. ‚*Entbundener Geist, verdorben, gestorben zu allermeist.*‘ – Einen wachen, lebendigen Geist erlangen wir nur, wenn wir unsere Sinne öffnen, anstatt sie auf engstirnige Vorstellungen zu reduzieren.“

„Doch je mehr unsere Sinne aufnehmen, desto schwieriger wird es, sich zu entscheiden“, warf ich ein.

„So ist es“, antwortete Hauptmann, „aber das entbindet uns nicht davon, zu tun, was richtig ist. Lassen Sie mich einen Gedanken von eben aufnehmen. Ich sagte Ihnen, dass es zu meiner Zeit eine Ordnung gab, die niemand hinterfragte. Den Unterschied der Klassen betrachteten die Herrschenden als naturgegeben, die Ungerechtigkeit war Normalität. Heute wissen sie, was richtig ist, und scheuen sich nicht, reichlich darüber zu plappern. Aber ihr Tunnelblick hält sie davon ab, danach zu handeln. Heute geht es nicht mehr um Klassenkampf, sondern um die stillschweigende Ausgrenzung jener, die nicht ins Papprollenbild passen.“

„Warum tun Menschen das?“, fragte ich.

„Wer weiß, vielleicht wollen sie ihre eigene Unzulänglichkeit verbergen. Indem sie Dinge ausblenden, vereinfachen sie ihr Leben. Gelegentlich ist das nötig, deswegen trinken wir Alkohol. Ich habe gerne dem Wein zugesprochen. Doch ebenso wie es krank macht, sich schon morgens zu betrinken, macht es krank, einen großen Teil des Lebens zu übersehen.“

„Ist es dann nicht umso wichtiger, dass es Museen wie Haus Seedorn gibt, die den Blick wieder öffnen?“

„Warum?“, gab Hauptmann meine Frage zurück. „Was bleibt den Besuchern in Erinnerung? Dass der alte Hauptmann mit seinen Freunden dem Wein zugesprochen und seine Ideen nachts an die Wand gekritzelt hat, damit er sie nicht vergisst?! Ich kann mir nicht vorstellen, dass die Leute deshalb ihren Blick weiten.“

„Ich wollte Ihr Haus besuchen, weil ich hoffte, es würde mir eine Geschichte erzählen, die Geschichte, wie Sie hier gelebt und gearbeitet haben.“

„Das ist ehrenwert“, antwortete Hauptmann. „Vermutlich hätten Sie zugehört, was mein Haus Ihnen zu erzählen hat. Aber wer ist so neugierig wie Sie? Und im Grunde können Sie nicht einmal nachvollziehen, ob ich wirklich hier gelebt habe. Sehen Sie, wie viele Gerhart-Hauptmann-Häuser es gibt. Auf Hiddensee, in Erkner, in Schreiberhau, in Agnetendorf. Am Ende wird noch eines in Rom eröffnet, dort habe ich auch zwei Jahre gelebt. Wer sagt Ihnen, dass ich genau in diesen Häusern gewohnt und gearbeitet habe? Vielleicht werden Sie ja bloß verulkt?“

„Das ist unmöglich“, erwiderte ich mit einem süffisanten Grinsen.

„Warum?“

„Wegen der pensionierten Deutschlehrer.“

„Pensionierte Deutschlehrer?“

„Wenn Sie in diesen Häusern nie gelebt hätten, wäre längst ein pensionierter Deutschlehrer dahintergekommen, hätte Zeter und Mordio geschrien und Himmel und Hölle in Bewegung gesetzt, um die Museumsfälschung zu berichtigen: Verwaltung, Polizei, Staatsanwaltschaft, Kultusministerium, wenn er Offizier der Reserve ist, sogar die Bundeswehr, das ganze Programm.“

Hauptmann schmunzelte und meinte: „Sie übertreiben maßlos. Ich finde das sehr amüsant.“

„Sehen Sie, die Menschen halten sich für unentbehrlich wichtig. Ich möchte sie anregen, über sich selbst zu lachen, auch das hält den Geist lebendig und wach.“

Hauptmann schwieg und sah nachdenklich in den Sand.

„Seien Sie nicht zu streng“, ergänzte ich. „Im Grunde sind sie liebenswert, auch wenn sie manchmal dumm sind. Haus Seedorn erzählt eine Geschichte, ein Stück Ihrer Geschichte. Die Menschen brauchen Anregung, um ihren Blick zu weiten.“

Hauptmann nickte. „Vielleicht haben Sie Recht“, sagte er und lächelte mich milde an. „Wollen wir zurückgehen?“

Von Weitem sahen wir einen Menschenauflauf vor dem Hauptmann-Haus. Das einzige Polizeiauto der Insel stand auch da.

„Es wird besser sein, Sie laufen nach Vitte und fahren von dort mit der Fähre“, sagte ich zu Herrn Hauptmann. Er lächelte und erwiderte. „Ich danke Ihnen für Ihr offenes Ohr und Ihre direkte Rede.“

Er wandte sich um und ging Richtung Vitte und ich sah ihm nach. „Ein seltsamer Kauz“, dachte ich. Was mochte Hauptmann wirklich über unsere Zeit denken, wenn er am Strand von Hiddensee spazieren ginge. Ich wusste es nicht. Ich wandte mich um und spazierte zu seinem Haus.

„Ist hier etwas passiert?“, fragte ich ein älteres Paar, das am Rande der Menschentraube stand.

„Stellen Sie sich vor, das Hauptmann-Museum ist von vier schwer bewaffneten Männern ausgeraubt worden“, sagte die Frau.

„Warum denn das?“, fragte ich.

„Ja, was glauben Sie“, sagte der Mann, der eine Bildzeitung unter den Arm geklemmt hatte, „das wird wohl etwas wert sein, die Bücher und Schriften eines Nobelpreisträgers.“

Das bezweifelte ich. Hauptmann ist berühmt, aber kein Popstar. Ich sagte aber nichts dazu und zeigte stattdessen auf die Zeitung. „Steht das alles schon da drin?“

„Unsinn, das ist doch eben erst passiert“, blaffte der Mann mich an.

Ich spielte ernsthafte Erschütterung. „Und die Polizei jagt die Räuber jetzt mit Sondereinsatzkommando und Hubschrauber über die Insel?“

„Ja nun, das geht ja nicht so schnell“, antwortete die Frau. „Aber der Inselkommandant hat das sicher schon in die Wege geleitet.“

„Ach Mutter, die sind doch schon übers Meer weg“, sagte der Mann. „Da muss die Küstenwache her, mit ihren Schnellbooten.“

Die Inselpolizisten und der Museumsangestellte bereiteten allen Spekulationen ein Ende.

„Gehen Sie bitte weiter, meine Herrschaften, es ist hier nichts passiert“, sagte der ältere Polizist, während er sich einen Weg durch die Menge bahnte. „Das Museum wird in einer Stunde wieder geöffnet. Es ist nichts gestohlen worden. Bitte gehen Sie weiter, meine Herrschaften."

Der Mann zupfte mich am Ärmel. „Das müssen sie jetzt sagen, damit sich die Räuber in Sicherheit wiegen, und dann schlägt die Küstenwache zu, da werden Sie mal sehen!"

Die Deutschen haben wahrlich viel Fantasie – aber immer an der falschen Stelle.

Ich hielt nach Luisa Ausschau. Als sich die Leute verlaufen hatten, entdeckte ich sie am Eingang zum Hauptmann-Haus und winkte ihr zu.

„Weißt du, was hier los war?", fragte sie mich.

„Vier Räuber haben das Museum überfallen", antwortete ich mit einem Schmunzeln.

„Ach was", sagte Luisa. „Ich habe gehört, es habe gebrannt – im Ernst, du weißt etwas?"

„Gerhart Hauptmann war der Meinung, es sei nun genug mit Hauptmann und Hiddensee. Er hat seine Sachen gepackt und die Haustür zugesperrt. Ich habe ihn überredet, sich das zu überlegen."

„Hat sich der falsche Malte von der Seebrücke diesmal als Dichter verkleidet?"

„Nein, das glaube ich nicht, der Mann sah dem alten Hauptmann verblüffend ähnlich. Er muss entweder verwandt mit ihm sein oder einen sehr guten Maskenbildner haben."

„Oder er war es doch selbst", sagte Luisa nachdenklich.

Diese Art der Fantasie gefiel mir besser.

Wir gingen zum Strand und liefen Richtung Vitte. Die Wellen brachen sich an dem tonnenschweren Packwerk und spritzten auf. Die Luft schmeckte salzig und roch nach Seegras und Fisch.

Nach einer Viertelstunde erreichten wir offenen Sandstrand, der bis zum Horizont reichte. Zwei Meter hohe Wellen rollten gemächlich zwischen den Buhnen am seichten Ufer aus. Mr. Wallace scheuchte mit Begeisterung die Seemöwen auf, die zu Hundertschaften über den Strand tippelten und im angeschwemmten Seegras nach Futter pickten.

Plötzlich blieb Luisa stehen und beobachtete einen Jungen und ein Mädchen, die einträchtig eine Sandburg bauten. Ihr Blick verriet die Erinnerung, die sie sah. „Wenn David sich vor dem Heim von mir verabschiedete, legte er seinen Arm um meine Schultern und gab mir ein Küsschen auf die Wange. Das war der schönste Augenblick des Tages. Ich hatte sonst niemanden, der mich in den Arm nahm", flüsterte sie.

„David hat früh angefangen mit dem Küssen", erwiderte ich. Luisa sah mich scharf an, lachte dann aber. Wir gingen weiter und Luisa überlegte: „So viele träumen von der großen Liebe und hatten sie vielleicht als Kind schon gefunden, ist das möglich?", fragte sie.

„Wenn es sie gibt, finden wir sie nur als Kind", antwortete ich. „Nie wieder sind wir so unbeschwert und offen. Je älter wir werden, desto mehr Erwartungen bürden wir der Liebe auf, vor allem, dass sie glücklich macht."

„Soll die Liebe unglücklich machen?"

„Das nicht. Aber es gibt einen Ausdruck, der bezeichnend ist: ‚Meine bessere Hälfte'. Scherzhaft verschleiern wir damit, was wir uns nicht eingestehen wollen. Unser Partner soll das verwirklichen, was wir allein nicht zustande bringen, zum Beispiel glücklich sein. Ist dir aufgefallen, dass Mann gerne davon spricht, sich eine Frau ‚anzuschaffen', als wäre das Leben ohne sie nicht vollständig, wie eine Wohnung ohne Möbel?"

„Frauen stehen aber im Allgemeinen nicht so still und geduldig in der Ecke wie ein Sofa", konterte Luisa.

„Eben, es wäre ein karges Leben, wenn sich euer Sinn darin erschöpft, den Mann zu beglücken", ergänzte ich.

„Schließlich haben wir auch unsere Bedürfnisse", sagte Luisa.

Ich lachte: „Ja, eure Bedürfnisse sind unerschöpflich, unmöglich sie alle zu erfüllen."

„Ihr seid nur zu faul, es zu versuchen."

„Warum auch?", erwiderte ich. „Es ist für Männer wie für Frauen einfacher, sich einen neuen Partner zu suchen. Die Auswahl ist bedeutend größer geworden. Wie vielen potenziellen Partnern ist eine junge Frau auf dem Land früher begegnet? Kaum mehr als einem Dutzend. Heute begegnen wir jeden Tag einem Dutzend möglicher Partner. Wie leicht verfällt Frau oder Mann da dem Irrglauben, mit einem anderen Mann oder einer anderen Frau könnte die Liebe noch perfekter sein? Es ist, wie es der Stadtstreicher in Putbus gesagt hat: ‚Und denn werft ihr dat wieder wech, wenn ihr euch wat Neues kaufen tut. Für euch is dat och ganz einfach, weil euch is dat alles ja nix mehr wert.'" Und Luisa ergänzte: „Da könnte man dat och so sagen, dat ihr nix so richtig wat habt, wat euch wertvoll is."

„Die Liebe verliert ihren Wert", folgerte ich. „Vielleicht kämen Männer und Frauen besser miteinander aus, wenn sie den Wert der Liebe und des anderen wieder höher achten würden."

„Das ist zu einfach", sagte Luisa. „Meine Nachbarin, Carola, hat mir neulich eine höchst interessante Theorie von der Liebe unterbreitet. Carola hat einen Freund, der sie abgöttisch liebt. Aber ihr ist das zu viel, sagt sie."

„Zu viel? Gibt es in der Liebe ein Mehr oder Weniger?", fragte ich dazwischen.

„Weniger ist manchmal mehr", antwortete Luisa. „Carola vergleicht die Liebe mit einer Waage. Ist auf der einen Seite zu viel und auf der anderen zu wenig, gerät die Waage aus dem Gleichgewicht. Also gibt ihr Freund von dem, was bei ihm zu viel ist, etwas zu ihr, was bei ihr zu wenig ist, aber nicht zu viel, damit die Waage nicht auf ihrer Seite runterhängt. Logischerweise bekommt er dann aus ihrer Waagschale nichts, weil dann bei ihr wieder zu wenig und bei ihm wieder zu viel ist. Wirft er jetzt alles aus seiner Waagschale in ihre Waagschale, beschwört er eine Katastrophe herauf. Denn dann ist bei ihr viel zu viel und bei ihm viel zu wenig und sie knallt mit ihrer Waagschale auf den Boden. Da bleibe ihr gar nichts anderes übrig, als das, was bei ihr zu viel ist, in einer dritten Waagschale loszuwerden."

„Verstehe ich nicht!", sagte ich. „Warum gibt sie nicht etwas von ihrer Waagschale in seine Waagschale?"

„Ja, du darfst nicht alles verstehen wollen in der Liebe – sagt Carola."

„Praktisch, hört sich wie ein Freibrief an, die Männer auszunutzen. Wie kann Carolas Freund damit leben, wenn sie ihn weniger liebt?"

„Gar nicht."

„Dann hat er sich von ihr getrennt?"

„Nein, er sitzt Tag und Nacht am Schreibtisch, um für ihr Geschäft ein neues Werbeprospekt zu entwerfen."

„Warum das denn, wenn sie ihn sowieso nicht liebt?"

„Weil er es ihr versprochen hat. Er ist in der Zwickmühle, denn welcher Mann gibt gerne zu, dass er nicht zu seinen Versprechen steht?"

„Was macht Carola mit ihm, wenn sie ihn nicht mehr braucht?"

„Carola findet immer einen Grund zu streiten und ist dabei davon überzeugt, dass sie im Recht ist."

„Und ihr Freund durchschaut das nicht?"

„Dafür ist er zu gutmütig und gutgläubig – wie David, ich fürchte, er ist auch anfällig für solche Frauen."

„Wie gut, dass ich die Liebe einfacher sehe", sagte ich und legte Luisa meinen Arm um die Schultern. Sie seufzte und fügte hinzu: „Ja, denn sonst müssten wir erklären, warum wir uns lieben, aber nicht miteinander leben müssen."

Wir waren weit hinter Vitte und die Sonne hatte inzwischen die Oberhand gewonnen. Es wurde wärmer und ich bekam Lust, schwimmen zu gehen.

„Geh ruhig schwimmen, ich sehe mich hier ein wenig um", sagte Luisa.

Ich zog mich aus und ging ins Wasser, während Luisa die wenigen Leute am Strand musterte und umherging.

Plötzlich winkte sie mir, sagte aber nichts.

„Was ist los?", rief ich. Luisa legte ihren Zeigefinger auf die Lippen und bedeutete mir, zu ihr zu kommen. Ich schwamm zurück.

„Was ist denn?“, fragte ich Luisa noch einmal, während ich mich abtrocknete.

„Pst, nicht so laut, ich habe David entdeckt, komm mit, aber leise.“

Ich schlich hinter Luisa her bis zu einer Düne, wo sie sich auf alle viere niederließ und durch das Gras spähte. In einer Kuhle zwischen zwei Dünen lag ein nacktes Pärchen, und die beiden hatten Besseres im Sinn, als faul in der Sonne zu liegen. Sie küssten sich so leidenschaftlich, dass ihre Erregung deutlich sichtbar war.

„Das ist David!“, flüsterte Luisa.

„Blödsinn“, antwortete ich, „wie kommst du darauf?“

„Ich fühle es, Intuition“, erwiderte sie.

Das war ihr Totschlagargument, wenn sie nicht erklären wollte, was sie vorhatte.

Die junge Frau beugte sich über ihren Freund und liebkoste ihn mit ihrem geschmeidigen, zierlichen Körper.

Es war sinnlos, Luisa ihre Intuition ausreden zu wollen. Außerdem war ich neugierig, was sie tun würde. „Gibt sie ihm jetzt mehr oder weniger in seine Waagschale?“, flüsterte ich Luisa zu.

„Das ist doch mehr oder weniger egal“, flüsterte sie zurück. „Was er jetzt mehr in seine Waagschale bekommt, bekommt er später weniger, bis ihr wieder alles zu viel wird und seine Waagschale leer ist.“

„Und was heißt das jetzt?“, fragte ich.

„Dass ihm alles zu viel wird, wenn ihr alles zu viel wird und sie deshalb schief hängt.“

Die Küsse des Pärchens wurden leidenschaftlicher und ihre Lippen suchten sich die intimsten Winkel ihrer Körper.

„Danach sieht es aber ganz und gar nicht aus“, wandte ich ein.

„Wart’s ab, wenn er zu viel aus ihrer Waagschale will, wird sie sich alles aus seiner Waagschale nehmen, weil sie nicht will, dass in ihrer Waagschale zu wenig ist, und wenn sie sich alles von ihm genommen hat, wird ihr alles zu viel und sie wirft es in eine dritte Waagschale, damit beide Waagschalen wieder leer sind. Und das ist dann zu viel für ihn.“

„Zu wenig, meinst du?“ Mir schwirrte vor lauter zu viel und zu wenig mehr oder minder der Kopf.

„Das ist doch jetzt vollkommen egal“, sagte Luisa, „jedenfalls braucht er mich dann.“

„Damit er wieder mehr hat, falls es ihm zu viel wird?“, folgerte ich.

„Quatsch, damit ich ihn von dieser Frau befreien kann.“

Die Erregung des Pärchens steigerte sich sichtlich, es war nur noch eine Frage der Zeit, bis sie zum Höhepunkt ihres Liebesspiels kamen.

„Ich werde ihn gleich von ihr befreien“, sagte Luisa plötzlich. Noch ehe ich begriff, was sie gesagt hatte, war sie aufgesprungen und spurtete auf die beiden zu, die zu einem sinnlichen Finale angesetzt hatten.

Ich schlug die Hände über dem Kopf zusammen. Ihr nachgehen und sich mitblamieren, oder feige sein und liegen bleiben. Ich war nicht feige, außerdem wollte ich mitbekommen, was passiert. „Feigling!“, sagte ich zu Mr. Wallace, der liegen blieb und seine Pfoten über die Schnauze legte.

Ich holte Luisa erst ein, als sie neben den beiden stand. Sie waren im wahrsten Sinne des Wortes so ineinander vertieft, dass sie uns nicht bemerkten. Luisa tippte dem Mann auf die Schultern und sagte streng: „David, diese Frau ist nichts für dich. Sie wird dich unglücklich machen.“

Wie von der Tarantel gestochen sprang der Mann auf und starrte Luisa an. Ich zog es vor, der jungen Frau ein entschuldigendes Lächeln zuzuwerfen. Überraschenderweise lächelte sie zurück, was mich verwirrte. Sie blickte demonstrativ an mir herunter. Ich folgte ihrem Blick und verstand. Was sollte frau auch anderes tun, wenn plötzlich ein fremder Mann, nackt und in höchster Erregung, vor ihr steht, während sich seine Freundin – angezogen – ihren ebenfalls nackten Freund zur Brust nimmt, mit dem sie sich eben noch leidenschaftlich liebte. Entweder dreht frau durch, oder sie lächelt. Also lächelte ich zurück und betrachtete bewundernd ihren wohlgeformten Körper, was ihr offensichtlich nicht unangenehm war.

„Was soll das, haut ab, ihr Spanner!“, brüllte der Mann. Luisa trat vor Schreck einen Schritt zurück, fing sich aber gleich wieder. „David, ich will dich vor einem großen Fehler bewahren. Diese Frau ist nichts für dich. Sie nutzt dich aus und wirft dich weg wie einen alten Putzfleck.“ Sie sagte das mit so einer Inbrunst und Liebe, der Mann konnte nicht anders, als blöd zu schauen.

Ich musterte ihn, er war gut und gerne fünfzehn Jahre jünger als Luisas Schulfreund, aber das schien sie bei ihrer Mission nicht zu stören.

„Ich heiße Klaus“, stammelte der Mann. „Da muss eine Verwechsl…“, weiter kam er nicht.

„Ich bin so froh, dass ich dich gefunden habe und dich von dieser Frau befreien kann“, plapperte Luisa drauflos und legte ihren Arm um seine Schultern. „Aber warum hast du dir einen anderen Vornamen zugelegt?“

Die Situation überforderte Klaus' mentale und intellektuelle Kraft und er zog sich darauf zurück, wie ein Schulbub zu gehorchen. „Ich heiße Klaus Kleinert, und zwar schon immer“, antwortete er brav.

Die junge Frau hatte ihr Schäferstündchen mit Klaus inzwischen abgeschrieben. Sie stand auf und sagte: „Ich gehe schwimmen.“ Sie lief zum Strand und Klaus hätte sie gerne aufgehalten, aber Luisa ließ ihn nicht. Also folgte ich ihr.

„Ich heiße Carmen“, sagte die hübsche Badenixe, während wir uns ins Meer stürzten. Ich stellte mich ebenfalls vor, damit war unser Gespräch auch beendet. Lachend tobten und planschten wir in den Wellen, wobei wir uns gelegentlich – natürlich rein zufällig – berührten. Carmen schien für neue Männerbekanntschaften durchaus offen zu sein, wenigstens insofern hatte Luisa Recht.

„John-Boy, wir gehen“, brüllte Luisa plötzlich vom Strand herüber. Sie war ziemlich wütend. Es war wohl besser, ihr zu gehorchen, obwohl ich es hasste, wenn sie mich John-Boy nannte. Ich löste mich wehmütig von Carmen und watete zum Ufer.

„Das war sehr heldenhaft, was du getan hast“, versuchte ich Luisa aufzumuntern.

„Lächerlich machen kann ich mich alleine", erwiderte sie pampig. Da musste ich ihr allerdings Recht geben. Aber diesmal meinte ich es ernst. „Ich glaube, Carmen spielt bereits mit dem Gedanken, den Überfluss in ihrer Waagschale in einer anderen Waage loszuwerden, so wie du es gesagt hast. Du hast dein Bestes gegeben, ihn vor ihr zu retten."

„Aber das glaubt er mir doch eh nicht", sagte sie trotzig.

Stimmt, dachte ich, aber dann ist er selbst schuld.

Ich sah Luisa an, irgendetwas stimmte nicht: „Hast du wirklich geglaubt, der junge Mann ist David?"

Jetzt sah ich, was nicht stimmte, Luisa platzte fast vor Lachen. „Nee, aber dat war een mannich guter Spaß, es zu glauben", prustete sie heraus und lachend jagten wir uns gegenseitig über den Strand bis Vitte.

Wir überquerten den Deich und schlenderten durch den Ort, der über Jahrhunderte der Fischanlandeplatz auf der Insel war. Heute stehen schmucke, weiße Häuser rund um die Hafenanlagen und im Ortskern mischt sich Alt mit Modern. Berühmt geworden ist die „Blaue Scheune" von Vitte. Mitte des 19. Jahrhunderts erbaut, diente sie damals und bis heute als Künstleratelier. In den 1920er-Jahren zog der Hiddenseer Künstlerinnenbund ein. Doch die Gründerinnen des Bundes, Henni Lehmann und Clara Arnheim, wurden Opfer der Nationalsozialisten. Lehmann nahm sich 1937 das Leben und Arnheim starb 1942 im Konzentrationslager Theresienstadt.

Mit dem letzten Wassertaxi fuhren wir zurück nach Schaprode. Es war spät, als wir wieder auf unserem Reiterhof eintrafen. Die anderen Gäste hatten ein Lagerfeuer angezündet und es kam die Rede auf die Störtebeker-Festspiele in Ralswiek. Einige der Gäste wollten sich das Spektakel am nächsten Tag ansehen und fragten mich über den berühmten rügenschen Seeräuber aus.

„Über Klaus Störtebeker lässt sich alles erzählen und nichts, so viele Legenden und Sagen ranken sich um ihn", antwortete ich. „Rund zwanzig Orte in Norddeutschland riefen sich zu Störtebekers Geburtsort aus. Seine Herkunft ist zweifelhaft. Vielleicht war er ein von der Sturmflut angeschwemmtes Findelkind, oder auch ein mittelloser Landadeliger. Ebenso zweifelhaft ist, ob er die Pfeffersäcke – die Kaufleute – ausgeraubt hat, um die Beute den Armen zu geben. Geraubt hat er sicher, aber die Armen hat er vielleicht auch ins Meer geworfen, weil sie ihm kein Lösegeld einbrachten. Störtebeker war einer von rund zweitausend Vitalienbrüdern, einer Seeräuberbande, die sich im 14. Jahrhundert in der Nord- und Ostsee ausbreitete.

Die Vitalianer waren eigentlich eine Söldnertruppe, die von den Herrscherhäusern rund um die Ostsee wechselweise benutzt wurde. Albrecht II. von Mecklenburg heuerte die Seeräuber 1376 für einen Krieg um die Erbfolge in Dänemark an. Er stellte den Vitalianern – die sich auch Likedeeler nannten, weil sie die Beute zu gleichen Teilen aufteilten – Kaperbriefe aus. Die Kaperbriefe legalisierten die Seeräuberei gegen Schiffe seiner Kontrahentin Margarete von Dänemark. Zwischenzeitlich öffneten die Städte Rostock und Wismar sogar ihre Häfen für die Seeräuber, damit sie dort ihre Beute verkaufen konnten.

Die Kaperbriefe nutzte auch der Mecklenburger Landadel, um sein Salär aufzubessern. Manch ein Graf, der nicht auf Rosen gebettet war, verpfändete Hab und Gut, um sich ein Schiff zu kaufen und sich den Likedeelern anzuschließen.

Und das Geschäft lief gut. Schließlich wollten auch die Dänen nicht auf die Hasardeure der Ostsee verzichten und stellten ebenfalls Kaperbriefe aus. Den Vitalianern, die auf Gotland in der Festung Visby ihren Hauptstützpunkt hatten, war es gleich, wen sie ausraubten.

Die Streitigkeiten zwischen Dänemark einerseits und Mecklenburg/Schweden andererseits dauerten rund sechzig Jahre, aber es gab zwischendrin immer wieder Waffenstillstände und Friedensschlüsse – meist auf Druck der Hanse, deren Koggen auch ein beliebtes Ziel der Seeräuber waren.

Friedensschlüsse waren für die Vitalienbrüder schlecht. Wer von Adel war, zog sich wieder auf seine Ländereien zurück und erfreute sich seiner Beute. Das Fußvolk, Obdachlose, verarmte Bauern und Handwerker, die ihr Glück in der

Piraterie gesucht hatten, konnten nicht zurück und blieben bei der Seeräuberei. Doch im Frieden waren sie plötzlich keine begehrten Hilfssoldaten mehr, sondern vogelfreie Verbrecher.

Die Dänen und Mecklenburger bekämpften sie aber nur halbherzig – man brauchte sie noch für den nächsten Feldzug – und der Hanse fehlten die Mittel, der Likedeeler Herr zu werden.

Etwa in dieser Situation begann die Karriere von Klaus Störtebeker. Die Legenden berichten über eine Menge gutherziger Taten des berühmten Piraten. Zum Beispiel: ‚*Eines Tages ging Störtebeker durch ein rügensches Dorf, da sah er vor der Haustür eine Frau sitzen, die ein Paar Beinkleider flicken wollte. Es fehlte ihr aber ein Stück Zeug dazu. Da warf ihr Störtebeker einen Lappen Tuch hin, und als die Frau denselben umwendete, klebten an der Rückseite lauter blanke Goldstücke.*

In Hagen auf Jasmund saß einst ein Mann vor der Haustür und weinte; er sollte aus dem Haus ausziehen, weil er die rückständige Miete nicht bezahlen konnte. Da kam Störtebeker durch das Dorf. Er sah den alten Mann und fragte ihn, was ihm fehle. Und als er die Not des Mannes vernommen hatte, gab er ihm so viel Geld, dass er auf mehrere Jahre hinaus die Miete für die Wohnung bezahlen konnte.‘ [13]

Die Geschichte mit der Miete soll sich allerdings in gleicher Weise in Ostfriesland ereignet haben. Aber vielleicht hatte Störtebeker eine besondere Vorliebe für Mietschuldner. Belegen lässt sich von diesen Geschichten nur wenig.

Der Deutsche Orden eroberte 1398 die Vitalierfestung auf Gotland. Störtebeker floh in die Nordsee. Dort fand er in den ostfriesischen Häuptlingen und im Grafen Albrecht von Holland neue Auftraggeber für seine Raubzüge, die sich nun vornehmlich gegen die Hamburger Koggen richteten.

Im Jahr 1400 gelang es den Hamburgern, Störtebeker zu fangen. Sechs Monate saß er im Gefängnis, obwohl das Urteil klar war. Im Herbst 1400 wurde er auf dem Grasbrook hingerichtet.

‚Als Störtebeker geköpft werden sollte, standen seine mitgefangenen Spießgesellen in einer langen Reihe neben dem Richtblock. Da sprach der Richter zu Störtebeker, wenn er, nachdem ihm der Kopf abgehauen sei, noch umherlaufen könne, so sollten alle diejenigen seiner Gefährten, an welchen er vorbeilaufen würde, frei sein. Darauf lief Störtebeker, als er seinen Kopf bereits verloren hatte, ein Stück an der Reihe seiner Gefährten entlang, bis er endlich zusammenbrach.‘ [14]

Wie viele seiner Kollegen er damit rettete, ist ungewiss. Manche Quellen sprechen von elf, manche von siebzehn und eine Quelle behauptet sogar, alle wurden hingerichtet, trotz des kopflosen Einsatzes von Störtebeker.

Sein Schatz ist bis heute verschwunden. Gut möglich, dass er auf Rügen vergraben liegt. Die Insel war mit ihren vielen Buchten ideal für die Seeräuber. Als gesichert gilt, dass sich Störtebeker mit seinen Spießgesellen des Öfteren in der Schlucht am Stubbenkammer versteckt hat. Natürlich ranken sich auch um den Schatz reichlich Sagen.

‚Zu Stubbenkammer in der Nähe der beiden Kreidepfeiler, welche in der halben Höhe des Abhangs hervorragen, soll sich eine Höhle und in dieser die Hauptniederlage Störtebekers befunden haben.

In die Höhle hatte Störtebeker einst eine schöne Jungfrau gesperrt, die er in einem fernen Land geraubt hatte; er hatte ihr den Auftrag gegeben, die Schätze zu bewachen und die Höhle nicht eher zu verlassen, als bis er zurückgekehrt sein würde. Unmittelbar darauf büßte Störtebeker seine Räubereien mit dem Leben, und da er nicht zurückgekehrt ist, sitzt die Jungfrau bis auf den heutigen Tag dort unten bei ihren Schätzen und wartet von Tag zu Tag, dass jemand komme, um sie zu erlösen.‘[15]“

Meine Zuhörer sahen schweigsam in das Feuer und träumten – die Frauen von dem Schatz und die Männer von der Jungfrau –, bis die Flammen fast runtergebrannt waren und sich irrlichternde Gesichter in der Glut bildeten.

Granitz und ein Wächter für die Ewigkeit

„Schloss Granitz!“, sagte ich, als wir beim Frühstück Davids Bild für den heutigen Tag ansahen.

„Lass mich raten, wer das Schloss gebaut hat“, fiel mir Luisa ins Wort. „Wilhelm Malte von Putbus!“

Sie hatte die Geschichte der Insel Rügen begriffen. Zwar gab es schon seit dem 18. Jahrhundert auf dem 105 Meter hohen Tempelberg ein hochherrschaftliches Jagdhaus, aber, wen wundert es, Malte wollte es feudaler haben.

Die weiten Wälder der Granitz beherbergten jede Menge Wild, dessen Geweihe und Köpfe nun die Wände des Jagdschlosses zieren. 1837 legte Malte den Grundstein für den verputzten und gelb gestrichenen Backsteinbau im Rundbogenstil. Die Türme – vier an jeder Ecke, einer an der Stirnseite und einer, der mitten aus dem Schloss 38 Meter hoch aufragt – erinnern an eine märchenhafte Trutzburg.

„Und wer war der Architekt?“, fragte ich Luisa.

„Nachdem Johann Gottfried Steinmeyer Putbus gebaut hat, hat er vermutlich auch das Jagdschloss gebaut.“

„Richtig“, antwortete ich ihr. „Malte muss für den Architekten eine Goldgrube gewesen sein.“

Allerdings haben Karl Friedrich Schinkel und der spätere preußische König Wilhelm IV. die Pläne Steinmeyers nachgebessert.

„Was muss man noch über das Schloss wissen?“, fragte Luisa.

„Interessiert dich die Raumaufteilung?“

Luisa sah mich scheel an: „Nö!“

„Interessiert dich, was für eine wunderbare Aussicht man von dem mittleren Turm hat?“

„Das werde ich nachher sehen!“

„Interessiert dich, dass eine gusseiserne Treppe mit 154 Stufen auf den Turm führt?“

„Ja, das interessiert mich!“

„Quatsch, dich interessiert nur, dass wir für die schöne Aussicht 154 Stufen steigen müssen, aber bestimmt nicht, dass die Treppe von der Berliner Eisengießerei Engells gefertigt wurde und als Meisterwerk moderner Technik galt."

„Nö, da haste recht."

„Aber dich interessiert vielleicht, wie das Speisezimmer ausgestattet ist?"

„Wenn du schon so anfängst."

„Das Speisezimmer besteht aus einer spannenden Materialkombination: Parkettfußboden, die Wände sind im unteren Teil getäfelt und oben mit Kacheln versehen und über allem thront eine Stuckdecke. Über der Holzvertäfelung ist eine reich verzierte Zinkgussborte angebracht, die der Aufnahme dekorativer Porzellanteller diente."

Luisa sah mich ungläubig an: „Malte hatte aber einen komischen Geschmack."

„Ihm und seiner Gattin hat es offenbar gefallen. Immerhin haben sie zwischen 1865 und 1872 dort gewohnt."

„Aber nicht freiwillig", sagte Luisa.

„Nicht ganz, das Putbusser Schloss war abgebrannt." Ich vertiefte mich wieder in die Beschreibung des Schlosses, die ich mir besorgt hatte. „Aber hier, vielleicht gefällt dir der Marmorsaal: Der Festsaal ist mit einer Stuckkassettendecke und Parkettboden ausgestattet. Die Wandverkleidung besteht aus Eiche und Carrara-Marmor sowie einem dreistöckigen Marmorkamin, dessen Relief eine Sauhatz zeigt. Passt doch irgendwie zu deiner Suche nach David."

Luisa sah mich böse an: „Manchmal kannst du richtig geschmacklos sein."

Ich sah mir noch einmal Davids Zeichnung an. „Was bedeutet das?", fragte ich Luisa und zeigte auf ein Mädchen, das auf der Treppe vor dem Schloss saß und offenbar weinte. Luisa lächelte. „Das erzähle ich dir unterwegs."

Wir stellten unser Auto in einer kleinen Parkbucht bei Binz ab. Als wir auf den Waldweg zum Schloss zusteuerten, dampfte der Rasende Roland im Schritttempo an uns vorbei. Die Rügensche Kleinbahn ist die technische Attraktion der Insel. Die Schmalspurbahn wurde Ende des 19. Jahrhunderts gebaut und tuckert immer noch mit ihren kleinen schwarzen Dampfloks und den bis zu hundert Jahre alten Wagen von Putbus nach Sellin und Binz.

Während wir durch den dichten Mischwald der Granitz wanderten, erzählte Luisa, was es mit dem weinenden Mädchen auf sich hat.

„Es war am zweiten Schultag, ich hatte beim Frühstück getrödelt und als ich in die Eingangshalle kam, um mit den anderen Kindern zur Schule zu gehen, waren alle schon weg. Ich erschrak und lief auf die Straße, aber es war niemand da. Zitternd ging ich alleine, bei jedem Schritt sah ich mich um und hielt den Atem an. Die Schule war nicht sehr weit weg, als ich im Pausenhof stand, holte ich tief Luft. Ich lief die Haupttreppe hinauf und merkte plötzlich, dass ich nicht wusste, wo mein Klassenzimmer war. Ich lief durch die langen Gänge und Treppenhäuser, aber es war hoffnungslos, ich hatte mich verlaufen. In den ersten Wochen habe ich mich immer verlaufen, auch im Heim. Auf der ‚Heimat' war alles überschaubar. Ich hielt mich nur im Wohnteil auf dem Heck auf oder saß in meinem Käfig."

„In einem Käfig?", fragte ich entsetzt. Luisa lachte.

„Vater hatte einen Teil des Decks mit einem Zinkgeländer eingefasst, damit ich nicht von Bord fiel, wenn ich draußen spielte. – Auf dem Schiff hatte alles seinen festen Platz, ich hätte mich blind darauf bewegen können. Ich kannte jeden Winkel in unserer kleinen Schiffswohnung. Egal, was ich wollte, ich sah es vor mir und musste nur ein paar Schritte gehen, um es zu erreichen. Und plötzlich war alles groß und weit. Mir gelang es nicht, die hohen Räume und breiten Treppenhäuser in der Schule und im Heim in ihrer Größe zu erfassen. Ich hatte nie gelernt, mir einen Weg zu merken, auf der ‚Heimat' war die Auswahl der Wege nicht besonders groß.

„Und wie hast du in dein Klassenzimmer gefunden?", fragte ich.

„Ich habe mich auf die Stiege gesetzt und geweint. Plötzlich stand David neben mir. Fräulein Konstanze hatte ihn geschickt, mich zu suchen. Er sagte nur: ‚Komm, wir sehen uns das Schulhaus an.' Ich schüttelte den Kopf, ich hatte Angst, aber er nahm mich einfach an der Hand und wir liefen durch die Stockwerke. ‚Ich habe ein Geheimnis entdeckt', sagte David. ‚Das hier, das ist keine Schule, sondern das verwunschene Schloss von König Artus.' Wir besichtigten die Ahnengalerie – die Kinderzeichnungen an den Wänden – den Festsaal der Tafelrunde – die Aula – und die Schätze, die Artus von seinen Kriegszügen mitbrachte – das Bastelwerk, das in Vitrinen ausgestellt war. ‚Jetzt steigen wir auf den Schlossturm', sagte David und wir liefen in das oberste Stockwerk. David suchte eine Tür zum Speicher, mein Herz klopfte, er fand tatsächlich einen Weg auf den Dachboden. Er war fast dunkel, überall standen alte Stühle, Bänke und Tafeln, nur von einem kleinen Fenster in der Giebelseite fiel Licht herein. Ich ekelte mich vor den Spinnweben, die sich bei jedem Schritt in meinem Gesicht verfingen, aber David schleppte mich zu dem Fenster. Er wollte hinunterschauen, das war das Schönste am Hinaufsteigen. Wir sahen auf den Fluss und den Hafen. ‚Du bist eine Prinzessin, die mit dem Schiff von weit her gekommen ist', sagte David zu mir. Ich nahm seine Hand und drückte sie ganz fest. – Von da an holte mich David jeden Morgen vom Heim ab, nahm mich an der Hand und begleitete mich zur Schule, und im Winter legte er mir das andere Ende seines langen Schals um den Hals."

„Ihr habt euch trotzdem noch oft verlaufen?", fragte ich lächelnd.

„Wir haben uns ein Spiel daraus gemacht", antwortete Luisa. „In der großen Pause sah ich mir eine der Zeichnungen an den Wänden an und beschrieb sie David. Wenn ich mich wieder ‚verlaufen' hatte, musste David die Zeichnung finden, um mich zu finden. Es hat Wochen gedauert, bis Fräulein Konstanze mir nicht mehr glaubte, dass ich mich ständig verlief."

Wir ließen uns Zeit bei unserer Wanderung durch den Wald. Luisa legte es darauf an, sich ein bisschen zu verlaufen. Wir entdeckten anheimelnde Sandpfade, die sich durch junge

Kiefern- und Mischwälder schlängelten, und bogen erst nach zwei Stunden auf die Teerstraße zum Schloss ein.

Wir stießen auf eine Budenstadt, in der die Besucher mit Souvenirs, Bratfisch und Thüringer Rosta versorgt wurden, noch bevor sie das Schloss zu Gesicht bekamen. Ich fragte mich, wie viele Urlauber wohl an den langen groben Holztischen der Imbissstation hängenblieben und ganz vergaßen, dass sie Maltes Jagdschloss ansehen wollten.

Mich reizten die feudalen Gemäuer auch nicht sehr, mir hätte es genügt, mich auf eine Bank zu setzen und das Kommen und Gehen auf dem weitläufigen sandigen Schlossplatz zu beobachten. Doch Luisa bestand darauf, den Turm zu besteigen. Also stiegen wir die schwarze gusseiserne Treppe von Engells hoch, die sich an der Wand des von vielen Fenstern erhellten Turms wie eine Spirale frei schwebender Stufen nach oben drehte.

Die Mühe lohnte sich. Die Wälder der Granitz lagen uns zu Füßen und in der Ferne schimmerte das von Seen und Meerbusen durchbrochene Mönchgut. Wir blickten über die Insel und in das Blau der Ostsee, das sie einrahmte.

Ich sah Luisa an, dass sie an David dachte, der so gerne auf Türme stieg. „Mit ihm habe ich mich getraut, hoch hinaufzusteigen“, flüsterte sie. „Ich hätte sonst nie erfahren, was ein weiter Blick bedeutet.“

„Er fehlt dir, obwohl du ihn seit fast dreißig Jahren nicht gesehen hast?“

„So will ich das nicht sagen“, antwortete sie. „Als Kinder waren wir hungrig, die Welt und das Leben zu erforschen. In den riesigen Räumen, aber engen Regeln des Heims und der Schule gab es nicht viel zu entdecken. David fand immer etwas, das mich faszinierte oder herausforderte, wenn nicht, dann erfand er etwas. Damit blieb er immer ein Teil von mir. Ich würde so gerne wissen, ob unsere Kindheit auch ein Teil von ihm geblieben ist. – Manchmal denke ich, ich bin ihm noch etwas schuldig.“

„Warum habt ihr euch aus den Augen verloren?“, fragte ich.

„Manchmal lag ich nachts lange wach, weil ich Angst bekam, dass David am nächsten Morgen plötzlich nicht mehr kommt, um mich abzuholen. Und so geschah es auch. Eines Tages sagte David, dass seine Eltern wegziehen wollen. Wir waren inzwischen in der dritten Klasse. Ich begriff nicht, was das bedeutete. Erst, als er eines Morgens nicht mehr da war. Ich stand vor dem Heim und sah die menschenleere Straße hinunter, wartete ungeduldig, ahnte es, wollte es aber nicht glauben. Er kam nicht. Plötzlich rannte ich los und weinte."

Still standen wir noch eine Weile an der Brüstung des Turms und sahen über die Insel.

Bis zu meiner Reitstunde am Spätnachmittag hatten wir noch Zeit, das nächste Bild aus Luisas Mappe „abzuarbeiten". Es war nicht schwer zu erkennen, wo David an diesem Tag noch war. Er zeichnete übereinandergestapelte Findlinge, die zwischen Bäumen und Büschen lagen. Einem der Steine malte er ein Gesicht auf. „Das sind sicher die Ziegensteine bei Lancken-Granitz", sagte ich zu Luisa.

Die 4000 Jahre alten Großsteingräber lagen inmitten einer sommerlich bunt blühenden Wiese, markiert von hohen Bäumen. Die Landschaft schimmerte golden in der Nachmittagssonne und die Blätter der Bäume raschelten im leichten Wind. Andächtig näherten wir uns dem ersten der fünf Steingräber.

Gewaltige, tonnenschwere Findlinge hatten die Bauern und Fischer der Jungsteinzeit hier her geschleppt, um ihre Toten zu bestatten. Die erste Grabkammer bedeckten sie mit gewaltigen Decksteinen, der eine flacher, der andere rundlicher, getragen von mehreren kleineren Findlingen, den Seitenwänden der Kammer. Auf dem Hügel verstreut, fanden wir den Steinring, der das Grab einst umgab.

Luisa zog es zum längsten und größten Hügel der Gräberreihe.

Der Steinkreis war hier gut erhalten. Luisa ging auf die Grabkammer zu, mir fiel am Rande des Hügels ein mannshoher Findling auf, der, fast versteckt, zwischen einer jungen

Eiche und einem Gebüsch stand. Ein Wächterstein, dachte ich, und ging zu ihm. Behäbig saß er da, wie ein alter Mann, der seine Hände über dem Bauch gefaltet hat und schläft.

Ich schloss die Augen und legte meine Hände flach auf den Stein, ich wollte ihn „be-greifen". Plötzlich stand Luisa neben mir und sagte: „Das ist der Stein, mit dem sich David unterhalten hat."

„Wie kommst du darauf?", fragte ich.

„Weil er ihm auf seiner Zeichnung ein Gesicht aufgemalt hat. – Der Stein hat sicher eine Menge zu erzählen."

„Wir können es ja versuchen", antwortete ich.

Ich legte mein Ohr an den Stein und umarmte ihn.

„Er sagt mir nichts", flüsterte ich Luisa zu. „Warte ... jetzt höre ich etwas ..." Ich lachte: „Er beschwert sich."

„Worüber?"

„Dass die Bauern so grob mit ihm umgegangen sind, als sie ihn hierher brachten."

„Welche Bauern?", fragte Luisa weiter.

„Er sagt, hier in der Nähe lebten Bauern in einem kleinen Dorf. Zuvor gab es auf der Insel kaum Dörfer, nur ein paar Jäger und Fischer."

Luisas Neugier lebte auf: „Wie lebten die Menschen damals?"

„In kleinen Gemeinschaften. Im Gegensatz zu den Jägern und Sammlern der mittleren Steinzeit entwickelten sie Ackerbau und Viehzucht. Sie rodeten die Wälder und pflanzten Einkorn, Emmer und Hirse", antwortete der Stein. „Ihre Ziegen und Schafe ließen sie auf den Salzwiesen am See weiden und einige gingen auf Fischfang. Ihre Häuser bauten sie sich aus Flechtwerk und Lehm."

„Gibt es hier Schätze?", flüsterte Luisa.

Ich fragte den Stein, aber er lachte nur – mir schien es tatsächlich, als ob er sich ein wenig schüttelte.

„Wie soll es hier Schätze geben? Die Bauern waren arm. Ein paar Werkzeuge, Wegzehrung für den Gang ins Jenseits und manchmal eine Kette aus rohem Bernstein, mehr hatten sie nicht, um es den Toten mitzugeben."

„Wenn sie arm waren, warum haben sie dann diese monumentalen Gräber gebaut?“, hakte ich nach.

„Das war in der Tat eine Mordsschinderei“, antwortete der Stein. „Doch die Leute waren nicht dumm. Die Findlinge störten ohnehin bei der Feldarbeit. Über Rollen und Hebel schleppten sie die Steine heran und stellten zunächst die Wände der Grabkammer auf. Dann schütteten sie Erde rings um die Seitensteine, sodass sie die Decksteine daraufrollen konnten. Wind und Regen haben die Erde wieder abgetragen, und so sind nur die Findlinge stehen geblieben.“

„Warum trieben die Menschen so einen Aufwand?“, fragte Luisa.

„Dafür gibt es viele Gründe, die meisten mögen noch im Verborgenen liegen“, erklärte der Stein. „Die Gräber waren ein weithin sichtbares Zeichen der Gemeinschaft und ihres Gebietes, sozusagen ein Symbol ihrer Identität.“

„Ist es wahr, dass die Gräber an mystischen Orten errichtet wurden?“, fragte Luisa.

„Ja und nein“, antwortete der Stein. „Die Menschen aus dem Bauerndorf glaubten, die Verstorbenen gingen in eine andere Welt, in das Totenreich hinüber. Dazu mussten sie ihre Toten an einen Ort bringen, wo sich das Jenseits und das Diesseits berührten. Sie brauchten einen heiligen Platz, wo sie ihre verstorbenen Angehörigen auf die Reise schicken konnten. Einen Eingang zum Totenreich.“

„Wozu dienten die Steinkreise?“, fragte ich.

„Als Schleuse. Nur geweihte Menschen vermochten es, sich der Grabkammer zu nähern, etwa um weitere Leichname hineinzulegen. Die Steinkreise signalisierten, dass hier das Reich der Toten beginnt. Schließlich wollte niemand ungewollt ins Jenseits übertreten. Deswegen haben sie mich als Wächterstein aufgestellt. Ein paar Schritte weiter und deine Freundin wäre drüben gewesen.“

„Wo drüben?“ Luisa schluckte und wurde blass.

„Im Jenseits“, sagte der Stein und ich grinste.

„Konnten nicht auch die Toten über ihr Grab ins Diesseits gelangen?“, fragte ich.

„Davor hatten die Menschen die meiste Angst“, sagte der Wächterstein, „dass die Überfahrt ins Totenreich misslingt und der Tote als Wiedergänger zurückkehrt. Deswegen wurden in manchen Dörfern die Leichen gefesselt oder es wurde ihnen ein Bein oder ein Kiefer abgenommen. Nun seht ihr, warum die Menschen sich die Mühe machten, so schwere und große Steine heranzuschleppen, um das Totenreich vom Diesseits abzuschirmen. – Der Ort für dieses Grab mag willkürlich gewählt sein, aber seit die Menschen ihn zum Eingang des Totenreiches geweiht haben, ist es ein heiliger Ort. Nähert euch ihm mit Vorsicht, sonst könnte es sein, dass ihr in eine andere Welt blickt.“

„Frag ihn, ob er weiß, wo David steckt“, flüsterte Luisa plötzlich.

Jetzt hatte sie mich erwischt. Der Stein hatte mir viele interessante Dinge erzählt, die ich aus einer Recherche für eine Steinzeit-Reportage zusammengewürfelt hatte, aber ob er wusste, wo David steckte? Ich horchte lange am Stein. „Er sagt, wir sollen uns sorgfältig umsehen.“

„Ach was, darauf wäre ich im Leben nicht gekommen“, lachte Luisa und beendete abrupt unser wundersames Gespräch mit dem Wächterstein.

Abends am Lagerfeuer sahen wir uns Davids Bilder für den nächsten Tag an. Sie waren widersprüchlich. Er hatte einen See mitten in einem Wald gemalt, das konnte der Herthasee auf dem Jasmund sein, denn das zweite Bild zeigte die Kreideküste, sie hatte aber keinerlei Ähnlichkeit mit Stubbenkammer oder Königsstuhl. Bei Davids zeichnerischem Talent, wäre es ihm wohl möglich gewesen, die berühmten Kreidefelsen halbwegs lebensnah zu Papier zu bringen. Stattdessen hatte er nur eine hohe Steilwand mit Bäumen darauf und Büschen darunter gezeichnet.

„Vielleicht wollte er sich nicht mit Caspar David Friedrich messen“, sagte Luisa. Wir beschlossen, Davids Bild vom Jasmund zu suchen.

Die Kreidefelsen – Göttin, Schätze und Quälgeister

Luisas Ungeduld hatte bisweilen ihre Vorteile. Als ich am nächsten Morgen zum Stall kam, stand Shiela schon gestriegelt und gesattelt am Anbindebalken, und kaum hatte ich meine Reitstunde beendet, versorgte Luisa mein Pferd, damit ich mich umziehen konnte.

Noch am Vormittag machten wir uns auf den Weg zur Stubbenkammer. Als wir an Bergen vorbeifuhren, fielen Luisa die Plattenbauten auf.

„Bergen ist wohl eine neue Stadt?“, fragte sie.

„Überhaupt nicht“, antwortete ich. „Der Slavenfürst Jaromar I. hat schon um 1170, nach der Christianisierung der Insel, seinen Herrschaftssitz von Garz nach Bergen verlegt. Aber die Rügener hatten mit ihrer Hauptstadt viel Pech. Zwischen 1445 und 1726 wurde sie sieben Mal von Feuersbrünsten verwüstet.“

„Bergen ist die Hauptstadt von Rügen?“, wunderte sich Luisa.

„Verwaltungszentrum ist wohl treffender“, entgegnete ich. „*‚Bergen ist das Herz Rügens, aber der Herzschlag Rügens zuckt hier nicht‘*[16], hat Ludwig Sternaux geschrieben. Sehenswert an Bergen sind die Marienkirche und der Ernst-Moritz-Arndt-Turm auf dem Rugard.“

„Wer ist Ernst Moritz Arndt?“, fragte Luisa.

„Das ist der rügensche Insel-Revoluzzer.“

„Der was?“

„Arndt hat sich im 19. Jahrhundert mit Vorliebe mit den Herrschenden angelegt. Er prangerte in seinen Büchern die Ausbeutung der Leibeigenen durch die pommerschen Feudalherren an.“

„Und damit war er schon ein Revolutionär?“

„Im Jahr 1803 schon. Als Arndt 1769 in Groß Schoritz geboren wurde, galt der Adel als unantastbar. Aber zum Revolutionär wurde er erst später.“

„Wieso? Was hat er noch angestellt?“

„Als Erstes hat er Theologie studiert ..."

„Seit wann sind Theologen Revoluzzer?", unterbrach Luisa mich.

„Eigentlich hat er sich mehr für Sprachen und Geschichte interessiert. Aber als Sohn des dritten Standes blieb ihm nur die Theologie, um überhaupt studieren zu können. Er begab sich dann auf Reisen und blieb in Frankreich hängen, wo er hautnah die Revolution erlebte. Als er nach Deutschland zurückkehrte, durfte er als Privatdozent an der Universität Greifswald Geschichte und Sprachen lehren. Doch die nächsten vierzig Jahre konnte sich Arndt mit keiner Regierung anfreunden. Seine Kritik am pommerschen Adel brachte ihm ein Jahr Exil in Schweden ein. Kaum aus Schweden zurück, wetterte er mit markigen Pamphleten gegen die Fremdherrschaft durch Napoleon. Und schließlich unterstützte er die Vordenker der Revolution von 1848. Er wurde als Demagoge diffamiert und verlor seine Professur für Geschichte, die er seit 1818 in Bonn hatte. Die Professur bekam er zwanzig Jahre später zurück und 1848 obendrein noch einen Platz als Abgeordneter im ersten deutschen Parlament in der Paulskirche."

„Und er ist nie nach Rügen zurückgekehrt?", fragte Luisa.

„Nein, er starb mit neunzig Jahren in Bonn und ist dort auch begraben."

Wir hatten inzwischen die Wälder des Jasmunds erreicht und steuerten auf die Ortschaft Hagen zu.

Bei Stubbenkammer, da denkt man an schneeweiße Felsen, an Caspar David Friedrich, an Wald, an Meer, an Fontane und Chamisso, an Seele, an Herz, an ... – aber nicht an einen unüberschaubaren, betonierten Parkplatz, für den allein man eine Landkarte bräuchte.

Wie ein Staubsauger schlürft der nahe Wald den Inhalt der Reisebusse und Pkws in sich auf. Ein Dutzend Urlauber blieb allerdings vor einer Wanderkarte am Waldrand hängen. Rund drei Kilometer trennten diese Menschen von Caspar David Friedrich und Romantik pur. Ohne fahrbaren Untersatz für manche Leute eine schier unüberwindbare Distanz.

„Des ham's aber saublöd g'macht, mit dem Parkplatz hier", hörte ich einen stiernackigen Bayern sagen, der direkt neben uns stand.

Ich wandte mich ihm zu und sagte: „Ja, nicht nur das. Stellen Sie sich vor, in Zukunft sollen die Kreidefelsen ganz abgeschafft werden."

„Wos? Na? Des gibt's doch net!?" Das Wort „abschaffen" hatte die Aufmerksamkeit des Bayern geweckt. Es ist eines der beiden bayerischen Schlüsselwörter. Der Oberbayer ist traditionsbewusst und hängt an seinen Bräuchen. Da löst das Wort „abschaffen" bayerische Urängste aus. Das zweite bayerische Schlüsselwort ist übrigens „anschaffen", womit das bajuwarische Selbstbewusstsein zum Ausdruck kommt.

„Sehen Sie, das ist so", erklärte ich meinen Landsleuten. „Wenn der gemeine Tourist die Kreidefelsen einmal gesehen hat, genügt ihm das im Normalfall und er kommt nicht wieder – zumal er ohnehin enttäuscht ist, dass die Felsen nicht so aussehen, wie Caspar David Friedrich sie gemalt hat. Also müssen sich die Kreidefelsen ständig verändern, damit die Touristen jedes Jahr wiederkommen."

Der Mann hörte mir zwar aufmerksam zu, schien aber nur Bahnhof zu verstehen.

„Deswegen haben sich die Tourismusmanager Folgendes einfallen lassen: Das Meer trägt die Küste hier immer weiter ab und lagert den Schotter als feinen Sandstrand an der Prorer Wiek wieder an. Das beschert dem Tourismus einen doppelten Effekt: Die Leute müssen jedes Jahr nachsehen, wie die Kreidefelsen wieder ein Stück kleiner geworden sind, und der Sandstrand, der ohnehin mehr Touristen anlockt, wird immer größer. Das ist innovatives und nachhaltiges Tourismusmanagement auf allerhöchstem Niveau."

„Ah, na", dem Bayern blieb der Mund offen stehen. „Aber so was gibt's bei uns a scho, oder net?"

„Eben nicht", antwortete ich ihm. „Sehen Sie, beim Chiemsee ist das anders. Dort wird die ständige Veränderung des Ufers durch Verlandung erreicht, was aber nicht nachhaltig ist. Denn irgendwann ist die Fraueninsel keine Insel mehr, was zwangsläufig die Schifffahrt zum Erliegen bringt. Außerdem haben die Chiemgauer dann ein Problem mit dem Namen. ‚Frauenhalbinsel' klingt irgendwie komisch."

„Ja, da kenna mir von denen da heroben ja no was lerna", rief der Bayer erstaunt aus.

„Ja, ja", sagte ich amüsiert. „Jetzt sehen Sie, warum der Parkplatz hier hinten gebaut wurde. Wenn das Meer die Stubbenkammer immer weiter abträgt, müsste man ja alle Daum' lang einen neuen Parkplatz bauen. In ein paar Jahren können Sie von hier aus das Meer sehen."

„Ja geh, da komm ma doch glei nächt's Jahr wieder", meinte der Mann hocherfreut.

„Ja, so schnell geht das leider nicht", musste ich ihn enttäuschen. „Das ist nämlich der Haken an dem Konzept, der Prozess wird noch einige tausend Jahre dauern."

Der Bayer zog die Stirn in Falten und sah mich scharf an: „Ja geh, du Depp du, schleich di", blaffte er mich an und trottete ohne ein weiteres Wort mit seiner Frau und seinem Sohn davon. Schade, dachte ich, eigentlich wollte ich ihm noch sagen, dass man auch mit einem Shuttlebus zur Viktoriasicht fahren kann.

Offen gestanden, Luisa und Mr. Wallace war der Weg auch zu weit. Wir gingen zurück zu der Budenstadt am Eingang des Parkplatzes, wo man alles Mögliche und Unmögliche kaufen konnte, zum Beispiel die Fahrkarten für den Bus.

„Eine Seefahrt, die ist lustig ..." heißt es in einem Volkslied. Ich kann nur sagen, eine Busfahrt auch. Über einen Minifernseher wurden wir auf den Jasmund eingestimmt. Eine samtweiche Frauenstimme, untermalt von sphärischen Synthesizerklängen, erläuterte die „einzigartigen" Naturschönheiten, die der Nationalpark bietet. Berauschende Bilder flimmerten über den Bildschirm. Zuschauen, entspannen, nachdenken, während wir im abgasarmen Bus durch den Wald geschaukelt wurden, das war moderner Naturtourismus. Und der gipfelte in dem Satz: „Erleben Sie hautnah die Schönheiten der Natur auf Großleinwänden ..." Luisa und ich prusteten vor Lachen. Die freundliche Frauenstimme warb für die Multivisionsshow, die im Nationalparkzentrum zu sehen ist. Na großartig: Da fahren wir achthundert Kilometer, um die Kreidefelsen zu sehen, werden auf einen Großparkplatz geleitet und mit einem Bus zum Nationalparkzentrum gefahren, damit wir uns dort die Kreidefelsen als Video ansehen? Gratuliere! Die Natur hat dann wirklich ihre Ruhe. – Stopp! Ich will nicht ungerecht sein. Die Besucher des Nationalparkzentrums erfahren sehr viel Wissenswertes und die Multivisionsshow soll sehr beeindruckend sein. Aber bitte: Hautnah kann man die Schönheit der Natur nur in der Natur erleben. Und noch etwas: Sie ist fast immer einzigartig.

Bevor wir uns diesem hemmungslosen Naturkonsum an der großen Stubbenkammer, dem Königsstuhl und an der Viktoriasicht hingaben, wollten wir zum Herthasee.

Wir standen auf dem kleinen Steg am Ufer des Sees, der eingerahmt vom Buchenwald im Zwielicht lag, und hörten nur Vogelgezwitscher und das Rauschen der Blätter. Für einen Augenblick fühlten wir die tiefe Ruhe, die von dem See ausging.

„Was ist das für eine Geschichte mit der Göttin Hertha?“, fragte Luisa. Sie flüsterte, als ob sie fürchtete, die Ruhe zu stören.

„Hier in der Nähe gibt es Überreste einer alten Burganlage“, antwortete ich. „Es heißt, hier habe in vorchristlicher Zeit die Göttin Hertha – vermutlich eine Fruchtbarkeitsgöttin – residiert. Zur Erntezeit fuhr sie auf einem mit Kühen bespannten Wagen durch das Land und die Bauern bejubelten sie.“

„Was hat Hertha mit dem See zu tun?“, fragte Luisa.

„In diesem See hat sich die Göttin nach der Erntefahrt gebadet. Diener und Dienerinnen wuschen den Wagen. Sobald sie ihre Dienste verrichtet hatten, wurden sie in dem See ertränkt, weil jeder Uneingeweihte, der die Göttin gesehen hatte, sterben musste.“

„Der See hat etwas Magisches und Unheimliches zugleich“, flüsterte Luisa.

„Ja“, erwiderte ich, „der Sage nach wandelt manchmal bei hellem Mondschein eine schöne Frau mit ihren Dienerinnen zum Herthasee. Dort verschwindet sie und man hört nur das Plätschern der Badenden.“

Luisa lief ein Schauer über den Rücken. Wir standen still und sahen auf den See. Plötzlich näherten sich einige Wanderer. Lautstark schwärmten sie von der Gulaschkanone, die in der Budenstadt am Parkplatz Stellung bezogen hatte, und der Zauber, der auf dem Herthasee lag, verzog sich wieder.

Wir lehnten am Geländer der Viktoriasicht. Die kleine Plattform über der Stubbenkammer wurde zum Gedenken an König Wilhelm I. und die Kronprinzessin Viktoria von Preußen errichtet.

Eine sinnenbetörende Harmonie aus Farben und Formen, aus Vogelstimmen und der Brandung des Meeres, aus dem Duft des Waldes und dem salzigen Geruch der See hüllte uns ein. Eingebettet in das dunkle Grün der Buchen und Büsche, hob sich der dickbauchige, weiße Kreideblock des Königsstuhls vom blauen Meer ab. Mannigfache Formen haben Wind und Wellen in die Stubbenkammer modelliert. Wie der Eckzahn eines Sauriers ragte unter der Viktoriasicht ein weißer Felsen aus der Steilküste, dessen Grat wie die Wellen des Meeres geschwungen war. Um ihn herum standen kleinere Kreidetürme und Felsen auf Geröllhalden abgetragenen Gesteins.

Mit weißen Schaumkronen rollten rund hundert Meter unter uns die Wellen an den Strand, an dem ein paar Wanderer spazieren gingen. In Ufernähe schimmerte der Meeresgrund in Grün-, Türkis- und Brauntönen. Das Meer, das am Horizont mit dem Himmel verschmolz, hielt unseren Blick fest und ließ uns still werden. In der Ferne sah ich den roten Rumpf eines Fischkutters, der sich mühsam durch die Wellen schob, ein winziger roter Punkt in der blauen Weite. Dieser Ort ließ uns klein erscheinen, mit allem, was wir ersinnen. Ein

Gefühl der Ehrfurcht und Demut vor der Schöpfung breitete sich in mir aus und befreite mich von nichtigen Gedanken.

Wir wollten den Blick nicht abwenden von diesem Bild. Wir wollten eintauchen in die Harmonie von Wald und Meer, eintauchen in die Farben, Düfte und das Rauschen der Wellen. Nichts schien diese Harmonie aus dem Gleichgewicht bringen zu können. Wir wollten still dastehen, schauen und ein Teil von ihr werden. – Wir durften aber nicht. Schon standen ein Dutzend Leute hinter uns und scharrten mit den Füßen. Mit mehr oder minder unfreundlichen Blicken forderten sie uns auf, endlich zu gehen und den Platz auf der Plattform frei zu machen. Sie zückten ihre Fotoapparate, schossen die Kreidefelsen rundum ab und gingen weiter. So gesehen machte das Busvideo Sinn: Die Urlauber wussten vorab, was sie fotografieren müssen.

Luisa und ich wandten uns Richtung Königsstuhl, dort führt ein Treppenweg durch eine Schlucht hinunter zum Strand. Die Sonne ließ die Buchenblätter hellgrün leuchten. Auf den umgestürzten Bäumen wuchsen Moose und Gräser und zwischen ihnen kleine, bunte Blüten vielfältiger Waldblumen.

Am Ende des Treppenweges standen einige hundert Leute am Strand. Sie schauten so, als ob sie nur anschauten, was man angeschaut haben muss, wenn man sich Rügen anschaut. Wie schon in den Seebädern entdeckte ich in ihren Gesichtern einen Hauch von Enttäuschung, so, als ob sie etwas anderes erwartet hätten.

Die Kreidefelsen sind arm dran. Tausende Menschen kommen jedes Jahr zu ihnen und bringen einen Rucksack voll romantischer Vorstellungen mit. Zweifellos würden die Felsen liebend gerne jedes gewünschte Antlitz annehmen, um es jedem recht zu machen. Aber sie können ja nicht. Sie sind dazu verdammt, still dazustehen und aufs Meer hinauszusehen, bis sie irgendwann in den Wellen versinken.

Wie es scheint, gefällt es ihnen so, oder würden sie sonst so strahlend weiß leuchten?

Ich setzte mich auf einen großen Stein. Der Wind hatte in der Nacht auf Ost gedreht und aufgefrischt, sodass mir eine frische salzige Seebrise um die Nase und durch meine von Zigarettenrauch geschundenen Lungen wehte. Die Wellen brachen sich schäumend an den Findlingen, die eiszeitliche Gletscher vor der Küste verloren hatten.

Die Magie der Weite von Himmel und Wasser zog meine Sinne in die Ferne, in einen stillen Dialog.

„Magie? Es gibt nur Realität und Illusionen. Mehr nicht." So deutlich dieser Gedanke auch war, ich verweigerte mich ihm. „Magie oder nicht, es liegt etwas unbestimmbar Geheimnisvolles über dem Meer."

„Da ist nichts Geheimnisvolles oder Magisches, es ist real." Stolperte ich über einen Denkfehler?

„Was ist real? Nur das, was erklärbar, berechenbar, messbar oder sichtbar ist? Und was du fühlst, verweist du in die Magie oder Fantasie?"

„Meist ist es so."

„Was dein Gefühl sieht, ist ebenso real. Es befähigt dich dazu, die Dinge nicht nur zu sehen, sondern auch zu verstehen."

Ich sah in die Brandung und richtete meine Sinne auf das Rauschen der Wellen.

Im Meer erwachte das erste Leben,
ein Mysterium vor Milliarden Jahr.
Der toten Welt ward Einzigartiges gegeben,
wie es das Universum nur einmal sah.
Das Rauschen der Wellen erinnert
an jenes Erwachen im tiefen Grund,
hört und erwacht,
so wie das erste Leben im Erdenrund.

„Hört sich sehr romantisch an?", dachte ich.

„Romantisch? Ja, weil der Verstand das Leben entzaubert. Stelle dir diesen wundersamen Augenblick vor: Milliarden Jahre gab es nur tote Materie auf der Erde und plötzlich ist

Leben da, von einer Sekunde auf die andere, eine Zelle, die lebt. Sie ist vollkommen frei, weil sie noch nicht weiß, was Tod bedeutet. Sie lebt einfach. ‚*Am Anfang war das Wort und das Wort war bei Gott und Gott war das Wort. Alles ist durch es geworden und nichts von dem, was geworden ist, ward ohne dieses.*‘[17] Genau so stelle ich mir jenen ersten Augenblick vor, als hätte jemand gesagt: Lebe! – Und die Wellen des Meeres wiederholen das Wort jenes ersten Augenblicks: Lebe!“

„Wenn es jemanden gab, der dieses Wort gesprochen hat, muss er die Erde sehr geliebt haben.“

„Wer weiß, vielleicht hieß das erste Wort auch Liebe.“

Ich bedauerte die Menschen, die den Strand entlangliefen und keinen Blick für das Meer hatten. Halb gebückt, als hätten sie eine Last zu tragen, suchten sie nach Schätzen, nach Bernstein und Hühnergöttern. „Sie sehen den Schatz nicht, den das Meer ihnen darbringt“, sagte ich zu Luisa, die sich neben mich gesetzt hatte.

„Ja mein Liebster, du hast vollkommen recht“, spöttelte sie. „Sagtest du nicht, dass hier irgendwo Störtebekers Gold liegt?“

„Das liegt vermutlich unter dem Waschstein“, antwortete ich ihr mit einer Geste der Verzweiflung über ihren Hang zu Schätzen.

„Was für ein Waschstein?“, fragte Luisa.

„Der Waschstein, unter dem Störtebekers Jungfrau den Schatz bewacht. Pass auf: ‚*Am Ende der Kreidewand von Groß-Stubbenkammer erhebt sich der Waschstein, ein großer Granitblock, etwa hundert Schritt vom Ufer aus der See hervorragend. Hier soll nach der Erzählung der Fischer alle sieben Jahr ein Meerweibchen hinaufsteigen und sich auf ihm waschen. Unter demselben soll sich eine tiefe Höhle befinden, wo einst der Seeräuber Störtebeker seine Schätze verbarg. Nun erzählt dort das Volk, es sei in dieser Höhle bis auf den heutigen Tag nicht geheuer, um Mitternacht steige aus ihr eine trauernde Jungfrau, ein weißes Tuch in der Hand haltend, hervor und versuche, die in dem Tuch befindlichen Blutflecken herauszuwaschen. Da ihr dies aber nicht gelinge, so verschwinde sie allemal wieder mit trauriger Miene. Eines Nachts sah sie ein Fischer, als sie das Tuch im Meer auswusch. Er fasste sich ein Herz und redete sie an und sprach: ‚Gott helf dir schöne Jungfrau, was tust du hier?' Da trat sie zu ihm hin und hieß ihn ihr folgen, sie wolle sein Glück machen, weil er ‚Gott helf' zu ihr gesprochen. Sie führte ihn nun in eine große Höhle, die er zuvor nie gesehen hatte, wo große Haufen Silber- und Goldstücke und kostbare Juwelen lagen. Auf einmal vernahm er auf dem Meer Ruderschlag, ein großes schwarzes Schiff rauschte heran, und aus demselben stiegen viele hundert Männer in alter Tracht, jeder seinen Kopf unter dem Arm. Sie traten einer nach dem andern in die Höhle und fingen an, in den Schätzen zu wühlen und die Geldstücke zu zählen. Nachdem sie dies eine Zeit lang getan, verschwanden sie wieder. Als sie alle hinaus waren, da füllte die Jungfrau dem Fischer einen großen Krug mit Goldstücken und Kleinodien, geleitete ihn wieder zu seinem im Meer liegenden Boot und verschwand wieder unter dem Waschstein, niemand hat sie je wieder gesehen.*'[18]"

Luisa sah sich um: „Hier liegen viele Granitblöcke. Welcher ist der Waschstein?"

„Keine Ahnung", antwortete ich.

„Wie? Keine Ahnung? Ich denke, du kennst dich hier aus!", rief Luisa.

In unserer Ratlosigkeit kam mir Mr. Wallace zu Hilfe. Er leckte mir die Hand und brachte mich auf eine Idee, die allerdings reichlich blöd war.

„Such den Waschstein!", forderte ich Mr. Wallace auf. Der setzte sich in den Sand, legte den Kopf schief und sah mich fragend an. „Such den Waschstein!", versuchte ich es noch einmal, aber Mr. Wallace wedelte nur mit dem Schwanz.

Luisa verkniff sich mühsam ein Grinsen. Ich wagte einen letzten Versuch. „Such den Stein des Meerweibchens!", rief ich dem Hund zu. Kaum hatte Mr. Wallace das Wort „Meerweibchen" gehört, sprang er auf und rannte los. Nach hundert Metern machte er kehrt, kam ein paar Schritte zurück und forderte uns bellend auf, ihm zu folgen.

Triumphierend sah ich Luisa an, allerdings nur, um nicht so dumm aus der Wäsche zu schauen wie sie. Wir folgten Mr. Wallace, der mal am Boden, mal in der Luft schnupperte, als ob er etwas witterte.

Etwa dreihundert Meter vom Königsstuhl entfernt blieb Mr. Wallace stehen, fixierte einen Felsen im Wasser und bellte. Plötzlich sprang er in eine heranrollende Welle, die ihn, Gott sei's gedankt, wieder ans Ufer zurückspülte. Luisa lief zu ihm hin und hielt ihn am Halsband fest, damit er dieses höchst gefährliche Unterfangen nicht noch einmal unternahm.

„So ist's brav", lobte Luisa und tätschelte ihrem Hund den Hals.

„Purer Zufall", stichelte ich. „Wahrscheinlich hat er nur die Kormorane verbellt."

„Von wegen Zufall, mein Hund ist schlauer als du", erwiderte Luisa.

Den Waschstein hatten wir gefunden, das half uns aber kaum weiter. Der Findling lag friedlich im Wasser und ließ sich von den Wellen die Flanken kraulen.

„Und nun?", fragte ich Luisa.

„Und nun suchen wir Störtebekers Schatz", antwortete sie.

„Und wie? Wir kommen bei der Dünung zu dem Stein nicht hin."

Luisa sah Mr. Wallace an, aber der hatte inzwischen jegliches Interesse an dem Stein verloren und wälzte sich im Sand. Plötzlich sprang er auf, rannte zu einem Findling, der in der Nähe am Ufer lag und verbellte ihn ebenfalls.

„Doch ein Zufall!", grinste ich Luisa an. Aber sie ließ sich nicht irritieren. „Das ist ein Zeichen", sie setzte sich eine mystische Miene ins Gesicht. „Mein Hund ist nämlich ganz außergewöhnlich."

Wir folgten Mr. Wallace.

An dem Stein war nichts Außergewöhnliches. Siebenmal ging Luisa um ihn herum, betrachtete ihn, streichelte ihm mit geschlossenen Augen so zärtlich über seine Oberfläche, dass ich neidisch wurde, und ließ ihre Hände schließlich flach auf ihm ruhen, als ob sie ihn beschwören wollte.

Ich grinste. Ich schlich mich an sie heran und flüsterte ihr mit tiefer Stimme ins Ohr. „Hier spricht der Steingeist Hutzelboddelmich."

„Quatsch, da spricht Johannes Christian Gutmann", antwortete Luisa, „stör mich nicht bei meiner ... bei meiner ..."

„Geisterbeschwörung?"

„Genau, Geisterbeschwörung!"

„Welches Geisterl hätten's denn gern?", spottete ich weiter.

„Ich rufe den Geist eines Meerweibchens, er solle mir sagen, wo Störtebekers Schatz vergraben liegt ..."

„Ich dachte, du wolltest David suchen?", fragte ich.

„ ... und er solle mir sagen, wo David Friedmann steckt", ergänzte Luisa.

„Luisa, du hast noch nie irgendwelche Geister angerufen."

„Na und? Es gibt für alles ein erstes Mal", erwiderte sie. „Außerdem ist das ein magischer Sagenstein." Sie hielt immer noch ihre Hände auf dem Stein und die Augen fest geschlossen.

„Aber das ist nicht der Waschstein, der liegt dort drüben im Meer", rief ich.

Luisa drehte ruckartig ihren Kopf zu mir und öffnete langsam ihre Augen.

„Mr. Wallace hat beide Steine angebellt, das ist ein Zeichen für mich. Vielleicht ist das der Zwillingsstein vom Waschstein." Luisa schloss die Augen und setzte ihre Geisterbeschwörung fort. Ich ließ sie in Ruhe.

Plötzlich stand ein kleiner Junge neben ihr und zupfte sie am Ärmel. „Was machst du da?" Luisa sah mich sehr böse an. Ich zeigte mit dem Finger auf den Knirps mit den viel zu großen, halblangen, hellblauen Hosen und einem gelben T-Shirt. Luisa lächelte ihn freundlich an und sagte: „Ich rufe einen Geist!"

„Meine Mama sagt, ich bin ein Quälgeist, kann ich dir vielleicht helfen?"

„Das glaube ich nicht, ich rufe den Geist eines Meerweibchens."

Der Knirps grübelte, wollte dann aber etwas anderes wissen.

„Was ist unter dem Stein?"

„Ein Seeräuberschatz", sagte Luisa.

„Glaub ich nicht", sagte der Kleine prompt. „Was ist unter dem Stein?"

„Glaube mir, das ist so", versuchte es Luisa noch einmal.

„Nein, der Schatz von dem Störtebeker liegt unter dem Stein, der dort drüben im Wasser liegt. Was ist unter diesem Stein?"

Luisa sah ihn verblüfft an. „Da ist … da ist wahrscheinlich Erde drunter", antwortete sie ihm.

Immerhin, dachte ich, vor ein paar Minuten glaubte sie, Störtebekers Schatz mitsamt ihrem alten Schulfreund David liege darunter.

„Woher weißt du das, hast du schon mal druntergeschaut?", wollte der Junge wissen.

„Nein, der ist doch viel zu schwer", antwortete Luisa.

„Dann weißt du gar nicht, ob Erde drunter ist. Jetzt sag mir, was ist unter dem Stein?"

„Das weiß ich nicht!", rief Luisa ärgerlich und ich ahnte, warum seine Mutter den Kleinen einen Quälgeist nannte.

„Bist du aber dumm!", sagte der Bub enttäuscht.

„Wieso bin ich dumm?"

„Weil du nicht weißt, was unter dem Stein ist."

Diese These war interessant. Erkennt man dumme Menschen daran, dass sie nicht wissen, was unter einem Findling ist? Die Antwort kam prompt.

„Niemand weiß, was unter einem Findling ist", sagte Luisa.

„Dann sind eben alle Menschen dumm", antwortete der Kleine.

Da mochte er recht haben, denn wer interessiert sich dafür, was unter einem Findling ist? Luisa und ich sahen uns an und ich wusste, wir hatten denselben Gedanken – wir interessierten uns dafür.

Mit bloßen Händen fingen wir an zu graben, der Kleine sah uns verdutzt an. „Was macht ihr da?“

„Wir sehen nach, was unter dem Stein ist, das wolltest du doch wissen?“

„Ja, ich will das jetzt wissen“, forderte der Junge, verschränkte die Arme und sah uns zu, wie wir uns die Hände blutig gruben – und wir hatten Glück, der Stein lag ziemlich an der Oberfläche, sodass wir bald seinen Rand erreicht hatten. Ich fasste unter den Findling und zog eine Handvoll Sand hervor.

„Es ist Sand drunter“, sagte ich triumphierend und hielt dem Kleinen meine Hand unter die Nase.

„Sand“, wiederholte der Junge nachdenklich. „Aber keine Erde“, und zu Luisa gewandt: „Warum wolltest du mich anlügen?“

„Ich wollte dich nicht anlügen, ich habe es nicht gewusst“, verteidigte sich Luisa.

„Warum hast du dann erst gesagt, dass ein Schatz drunter ist, und dann, dass Erde drunter ist, wenn du nicht gewusst hast, was drunter ist. Du darfst mir doch nicht einfach was Falsches sagen, das ist doch dumm.“

Wo er recht hat, hat er recht, dachte ich. Hätte er nicht nachgefragt, würde er jetzt denken, unter den Findlingen am Strand sei Erde.

Es sind also nicht alle dumm, die nicht wissen, was unter einem Findling ist, aber es sind alle Menschen dumm, die auf die Frage, was unter einem Findling ist, eine Antwort geben.

Das änderte aber nichts daran, dass der Junge ein Quälgeist war.

Unsere Schatzsuche war ein Schlag ins Wasser, das konnten wir uns auch denken. Etliche Tausend Menschen kommen jedes Jahr hierher und drehen jeden Stein um, auf der Suche nach Bernstein, Hühnergöttern oder sonstigen Schätzen, die das Meer anspült. Kein Schatz der Welt hätte da eine Chance, unentdeckt zu bleiben.

Wir besannen uns wieder darauf, dass wir Davids Bild suchen wollten, und gingen am Ufer der Steilküste entlang. Wir wandten uns Richtung Sassnitz und nach ein paar hundert Metern waren wir allein am Strand. Still liefen wir nebeneinander her und spürten erneut jene sinnenbetörende Harmonie aus Farben und Düften, aus Vogelstimmen und der Brandung des Meeres, und diesmal störte uns niemand, ein Teil dieser Harmonie zu werden. So genoss ich mein geliebtes Rügen.

Luisa sah immer wieder auf Davids Zeichnung. „Da ist Timothe!“, rief sie plötzlich und zeigte auf einen kleinen Hund, den David, kaum erkennbar, zwischen die Büsche gemalt hatte.

„Wer ist Timothe?“

„Unser Hund“, antwortete Luisa, und während wir weiterwanderten, erzählte sie mir die Geschichte von Timothe.

„Hinter der Schule gab es eine enge Gasse zwischen der Mauer des Schulhofes und einer Häuserreihe. Wir Kinder fürchteten die Gasse, sie war dunkel, selbst, wenn die Sonne schien, und unheimlich. Wir warfen nur manchmal einen Blick hinein und gingen schnell weiter. Es war im Spätwinter am Morgen, noch fast dunkel, da hörten wir ein Jaulen aus der Gasse. Wie angefroren blieben wir stehen und starrten in das Zwielicht zwischen der Schulhofmauer und den Häusern. Ich klammerte mich an Davids Hand.

‚Da ist ein kleiner Hund‘, flüsterte er. Das Tier jammerte erbärmlich. Wir riefen nach ihm und sahen ihn nur schattenhaft. Er zerrte an einer Leine. Es war weit und breit niemand da, dem der Hund gehören konnte. ‚Den hat jemand ausgesetzt‘, sagte David. Wir blickten uns unschlüssig an. ‚Komm!‘, rief er schließlich. Es waren höchstens fünfzig Meter bis zu dem Hund, aber mein Herz klopfte.

Der Hund sprang an uns hoch und leckte uns die Hände. Er zitterte am ganzen Leib und sein Fell war feucht vom Nachttau. Jemand hatte ihn am Fallrohr einer Dachrinne angebunden. Wir machten ihn los, rannten zurück zur Hauptstraße und bis vor das Schultor. Wir waren zu spät und überlegten, ob wir ihn mit in die Schule nehmen dürften, aber

David hatte eine bessere Idee: ‚Der Kiosk!' In der Nähe der Schule stand unter zwei großen Kastanien ein Kiosk. Dort kaufte uns David nach der Schule manchmal Puffreis. Der Besitzer war ein alter gutmütiger Mann. Wir bettelten ihn an, bis Mittag auf den Hund aufzupassen. Er hatte ein weiches Herz. Er öffnete die Tür zu seinem Kabuff und wir übergaben ihm die Hundeleine. Nach der Schule holten wir unseren Hund wieder ab. ‚Er soll Timothe heißen', sagte ich. Ihm einen Namen zu geben, war mir wichtiger als die Frage, was wir nun mit ihm machen sollten. Der Kioskbesitzer rief uns noch einmal zu sich: ‚Ich habe noch etwas für euren Hund', und gab uns eine große Schachtel Trockenfutter.

‚Wir müssen ihm eine Hütte bauen', überlegte David, ‚aber wo?' Ich hatte eine Idee: ‚Im alten Garten!' Ein paar Straßen abseits von unserem Schulweg lag zwischen zwei Häuserblocks ein verwildertes Grundstück, auf dem ein kleines verfallenes Haus stand. Knöterich und Winden überwucherten den hohen Zaun und dahinter standen große, alte Bäume. Wir fanden keinen Eingang zu dem Grundstück, nur an einer Ecke war der Zaun lose, sodass wir ihn aufbiegen und darunter durchschlüpfen konnten. Wir kauerten uns unter die Büsche und beobachteten das Haus. Es stand still, die Fenster grau und ohne Vorhänge, um die Haustür rankte sich dichter Efeu. Das Haus war mir unheimlich. Der Efeu bedeckte den ganzen Garten, er kletterte die Baumstämme hoch und überwand die Büsche, um an das Mauerwerk der benachbarten Hauswände zu gelangen und sich dort festzukrallen. Wie ein Tarnnetz hing er von dort herunter. Wir brachen unter einem der Büsche ein paar dürre Zweige ab, um uns Platz zu verschaffen. Mit ein paar Handgriffen bauten wir uns eine Laubhütte, mitten in der Stadt. Ich setzte mich auf den kalten Boden und lehnte mich an die Hauswand. Ich fror, auch Timothe zitterte. Ich nahm ihn auf meinen Schoß und wärmte ihn, David setzte sich neben mich und legte uns seinen Mantel über die Schultern. Wir fühlten uns wie eine kleine Familie und vergaßen die Zeit. Timothe knabberte an meinem Anorak und David neckte ihn mit der Hand. ‚Timothe braucht eine Decke und zwei Näpfe für Wasser und Fressen', sagte David. Er ließ mir seinen Mantel da und schlich sich davon. Timothe und ich waren müde und schliefen ein, es war schon fast dunkel, als David uns weckte. Er hatte eine alte Decke, zwei Töpfe, Futter und Wasser dabei. ‚Wo hast du das her?', fragte ich ihn. Verlegen sah er auf den Boden. ‚Ich habe es gefunden', sagte er schließlich."

„Er hat sogar für dich gestohlen", unterbrach ich Luisa.

„Nein", antwortete sie, „er hat Timothe und mir eine Freude gemacht."

„Und wie haben die Schwestern im Heim darüber gedacht?", fragte ich.

„Ich werde nie das Gesicht von Oberschwester Mathilde vergessen, als ich abends ins Heim kam. Sie sah mich stumm an, als hätte ich sie zutiefst in ihrer Ehre verletzt. ‚Geh auf dein Zimmer', sagte sie tonlos, mehr nicht. Ich bekam Hausarrest, verbrachte aber den nächsten Nachmittag doch wieder mit David und Timothe. Am dritten Tag holte mich Oberschwester Mathilde von der Schule ab. Ich weinte. Am vierten Tag konnte ich den Schwestern entwischen und am fünften Tag holte mich meine Mutter ab. Sie redete auf mich ein, aber ich wollte ihr mein Geheimnis nicht preisgeben. Sie lud mich in ein Café ein und spendierte ein großes Stück Sahnetorte, aber ich war schon immer unbestechlich. Als meine Mutter an der Kuchentheke bestellte, büchste ich aus und lief zu David und Timothe in den alten Garten und wir verkrochen uns in unserer Laubhütte. Plötzlich stand meine Mutter vor uns, sie war mir gefolgt. Als sie mich und David Arm in Arm mit Timothe auf dem Schoß sah, lächelte sie, wie ich meine Mutter nie habe lächeln sehen, milde und weise."

„Was ist aus Timothe geworden?", fragte ich.

„Er wurde unser Schiffshund, Mutter hat ihn auf die ‚Heimat' mitgenommen. Er ist steinalt geworden."

„Diese Kreidewand hier wird nicht steinalt", sagte ich und sah an der Küste empor. Ohne daran zu denken, hatten wir unversehens Davids Bild vom Jasmund gefunden.

Die Schaabe und eine tiefe Kluft zwischen Ost und West

Nachdem wir die Kreidefelsen erlebt hatten, wollten wir auch sehen, was das Meer mit dem Schotter anstellt, den es an der Steilküste abträgt. Wir fuhren zur Schaabe, einem der längsten Sandstrände auf Rügen.

„*Schon die letzte Viertelmeile, die man am Ufer der Tromper Wiek zurücklegt, trägt den Charakter der Schabe an sich. … Sie besteht aus bloßem, wahrscheinlich in der Vorzeit durch die Meeresfluten zusammengeschwemmtem Sand und ragt, mit Ausnahme einiger der Tromper Wiek parallel streichender Dünen, nur wenig über den Meeresspiegel hervor. … Die ganze der Tromper Wiek zugekehrte Seite ist fast völlig von aller Vegetation entblößt, und keine andere Stelle in ganz Deutschland ist so sehr geeignet, ein Bild der Wüste in dem Reisenden zu erwecken, als wenn er von Wittow am Ufer des Meeres allein nach Jasmund wandert.*“[19]

So beschrieb Ernst Boll Mitte des 19. Jahrhunderts die Schaabe. Die Wüstenlandschaft, die er vorfand, ist verschwunden. Ein lichter Kiefernwald hat sich auf den hügeligen Dünen ausgebreitet. Dichte Teppiche aus Islandmoos, Gräsern, Heidekraut und Blaubeergestrüpp bedecken den Boden. Geblieben ist der breite, weiße Sandstrand, der sich im leichten Bogen von Breege bis Glowe hinzieht. Und wo laut Boll die Wellen des großen Jasmunder Boddens die Dünen bespülten, findet sich am Rande eines bisweilen undurchdringlichen Urwaldes eine ausgedehnte Schilflandschaft. Nur wenige Urlauber suchen sich den anheimelnden Wanderweg am Jasmunder Bodden, der am Naturschutzgebiet „Langes Moor“ vorbeiführt. Still ist es hier. Der schmale Pfad schlängelt sich zwischen dem Schilf am Ufer des Boddens und dem verwilderten Waldrand entlang. Kleine Buchten geben den Blick auf den Jasmunder Bodden frei, auf dem Segler oder Anglerboote geruhsam ihre Bahnen ziehen.

Luisa wollte lieber an den Sandstrand. Als wir durch Glowe fuhren, bat ich sie anzuhalten und im Auto auf mich zu warten. Sie sah mich fragend an. „Ich will etwas für dich besorgen“, sagte ich. Beim Durchblättern von Davids Mappe hatte ich eine Zeichnung entdeckt, mit einem Mädchen am Strand, das von einem Schwarm Vögeln umgeben war. Mir war etwas eingefallen, dieses Bild wirklich werden zu lassen.

Wir parkten unser Auto etwa in der Mitte der Schaabe und spazierten durch den lichten Kiefernwald zum Strand. Der Wind hatte aufgefrischt. Wie jeden Tag waren wir auf jede Witterung eingerichtet. Ich hatte Regensachen, Pullover, Handtuch, Badedecke und Sonnencreme in meinen Rucksack gepackt. Das Wetter war völlig unberechenbar. Je nach Lust und Laune des allgegenwärtigen Windes ergossen sich im stündlichen Wechsel Regenschauer oder Sonnenstrahlen über die Insel.

Luisa und ich zogen uns Schuhe, Strümpfe und Hose aus, packten alles in unsere Rucksäcke und wateten durch das seichte Wasser. Luisa sagte kein Wort und schaute weltvergessen in die Wellen.

Die Strände auf Rügen sind sehr flach, sanft rollt die Brandung am Ufer aus und gestaltet sich ihre eigene kleine Welt. Sie häuft glatte Hügel auf und modelliert mal scharfkantige, mal runde Kuppen. Überspringt eine Welle die Kuppe, dann sucht sich das Wasser in kleinen Sturzbächen einen Weg zurück ins Meer und schneidet Schluchten in die Sandhügel.

Der Sand unter den zurückrollenden Wellen sieht aus wie eine feste glatte, in verschiedenen Brauntönen glänzende Fläche, doch der Strand ist ständig in Bewegung. Wie bei einem Sandbild mischt jede Welle die Farben neu. Das Wasser zieht durch den hellbraunen Untergrund dunkelbraune bis graubraune Schlieren, die sich mit jedem An- und Abrollen einer Welle in Struktur und Farbton ein wenig verändern. In das Farbenspiel des Sandes mischen sich schwarze und weiße Muschelschalen, die das Meer zu feinen Spänen zerrieben hat, und geben dem braunen Sand einen metallischen Glanz.

An manchen Stellen hat das Meer Muschelbänke angespült. Warum die Muscheln sich nicht gleichmäßig über den Strand verteilen, sondern an bestimmten Stellen sammeln, blieb mir ein Rätsel.

Die Walkerin, die an uns vorbeispurtete, hätte sich diese Frage vermutlich nicht einmal gestellt, wenn sie darauf getreten wäre. Der Rücken gerade, der Blick streng geradeaus, hoch das Bein, den Fuß von der Ferse bis zu den Zehenspitzen abrollen und die Arme angewinkelt im Rhythmus mitschwingen – Hauptsache es ist gesund. Ihre vielleicht zwölf Jahre alte Tochter mühte sich, mit ihr Schritt zu halten, konnte es aber nicht lassen, gelegentlich aufs Meer zu sehen, den Leuten am Strand einen freundlichen Blick zuzuwerfen oder die Arme – und vielleicht auch die Seele – baumeln zu lassen. Gott sei Dank, dachte ich, die Mutter hat ihr Kind noch nicht niedergewalkt.

„Wenn jetzt noch ein Nordic-Walker kommt, mache ich ihm aus seinen Stecken einen Halsring", brummte Luisa plötzlich und ich musste lachen. Sie sah mich verschmitzt an.

Ich blieb stehen und sagte zu ihr: „Ich habe eine Überraschung für dich." Ich zog eine Box mit kleinen Köderfischen aus dem Rucksack und gab sie Luisa. „Für die Vögel!"

Luisa sah in die Schachtel und verstand, was ich meinte. Sie lockte die Möwen an, warf das Futter in die Luft und im Nu kreiste ein Schwarm Seevögel um sie herum. Luisa lachte und drehte sich wie ein kleines Kind mit den Vögeln im Kreis. Für die schönsten Geschenke im Leben bedarf es nur wenig.

Als die Futterbox leer war, setzten wir uns in den Sand. Es dauerte noch eine Weile, bis die Möwen begriffen, dass es bei uns nichts mehr zu holen gab. Ich überreichte Luisa die Zeichnung.

„Es ist mein Lieblingsbild", flüsterte sie. „Wenn ich auf dem Deck der ‚Heimat' in meinem ‚Käfig' spielte, war ich immer von Vögeln umgeben. Ich redete mit ihnen. Sie saßen vor den Gitterstäben und sahen mich neugierig an."

„Wie skurril!", rief ich. „Du saßt in einem Käfig und die Vögel waren frei."

„Ja!“, lachte Luisa. „Wenn ich nach ihnen greifen wollte, tippelten sie ein Stück davon und warfen mir einen unwilligen Blick zu. Sie waren sich nicht ganz sicher, ob sie wegfliegen sollten. Manchmal siegte ihre Scheu, manchmal ihre Neugierde. Dann blieb ich still sitzen und erzählte ihnen die Geschichten, die mir meine Mutter abends vorlas. Meistens hatten sie nicht viel Geduld, mir zuzuhören. Oft kamen sie nur kurz angeflogen, um Guten Tag zu sagen, sie umkreisten ein paar Mal unser Schiff, als ob sie sehen wollten, ob alles in Ordnung ist, dann flogen sie weiter. Ich hatte nie das Gefühl allein zu sein, auch wenn Vater und Mutter sehr beschäftigt waren, es waren immer Vögel da, die mir Gesellschaft leisteten.

David und ich haben oft verletzte Vögel gefunden. In einer abgelegenen Ecke des Schulhofes, hinter einem alten Fahrradschuppen, hatten wir unsere Vogelauffangstation eingerichtet. David hatte einen alten Käfig und Futter besorgt. Vor der Schule und in den Pausen kümmerten wir uns um unsere Vögel.“ Luisa hielt einen Augenblick inne. „Meistens mussten wir sie nach ein paar Tagen begraben.“

Die Sonne schien wieder und es wurde wärmer. Wir suchten uns eine kleine Mulde, die uns leidlich vor Wind schützte, zogen uns aus und legten uns nackt auf unsere Stranddecke.

Vor einigen Jahren waren die Freunde der Freikörperkultur auf Rügen noch in der Überzahl. Doch die „Textiler“ erobern sich in einer stillen, nicht immer friedlichen, Revolution Strandabschnitt um Strandabschnitt zurück. Sie sitzen in ihren hochgeschlossenen Badeanzügen da, starren auf die Blöße der Nackten und die Mädchen kichern. Man möchte schier im Boden versinken.

Dabei hat das Nacktbaden an der Ostseeküste eine lange Tradition. Bereits im 19. Jahrhundert badeten die Urlauber unbekleidet. Allerdings hatten die hohen Herrschaften dabei ein fast unüberwindliches Problem zu bewältigen: Mann wie Frau mussten um jeden Preis verhindern, dass jemand sie beim Baden beobachten konnte.

Die erste Maßnahme war natürlich, „Männlein" und „Weiblein" auf eigene, weit voneinander entfernte Strände zu verweisen. Das allein half noch nichts, denn neugierige männliche Augen gab es auch vor hundertfünfzig Jahren. Also galt es, selbst die züchtigste Frau vor unsittlichen Blicken zu schützen. Die Erfindung der Stunde war der Badekarren, hölzerne Umkleidehäuschen auf Rädern: *„Wer sich des kalten Seebades bedienen will, benutzt einen der Badekarren, die in einer angemessenen Entfernung zum Lande in See stehen und wohin kleine Brücken führen. Auf einer Treppe steigt der Entkleidete ins Bad. Auch die Züchtigste der Frauen darf sich nicht scheuen, sich eines solchen Karrens beim Baden zu bedienen; denn außer, dass solcher an den Seiten bekleidet ist, auch die Eingangstür verschlossen werden kann, ist auch dafür gesorgt, dass durch einen seewärts niederzulassenden Vorhang die Badenden sich dem Blick eines jeden Lauschers entziehen können."*[20]

Später lösten Badeanstalten, die auf Pfählen hufeisenförmig in die Brandung gebaut wurden, die Badekarren ab.

Grundsätzlich wurde allein gebadet. Allerdings: Die Fantasie der Voyeure war ebenso reichhaltig wie die der Badekarrenerfinder. So schreibt Heinrich Laube über das Bad in Lauterbach: *„Unten am Meeresstrande ist ein artiger Blick zwischen dem Vilm und der schrägüber liegenden Küste geöffnet, und man sieht weit draußen auf der Wasserfläche die Thürme von Greifswald schimmern. … Angesichts jener Stipendienstadt, … stürzten wir uns in's Meer. Ich kann es mir wohl denken, daß diese Thürme, welche man bei gutem Wetter und mit guten Augen am Horizonte sieht, dem Seebade von Putbus nachtheilig geworden sind: es hat etwas schamverletzendes, von Thürmen im Stande der Unschuld betrachtet zu werden. Wie leicht können Studenten tubusbewaffnet auf diesen Thürmen erscheinen, und das größte Unglück anrichten!"*[21]

Anfang des 20. Jahrhunderts wurden Badekarren und Co. ausgemustert und durch eine Badeordnung ersetzt: „Das Baden ist nur in geschlossenen, aus undurchsichtigem Stoff hergestellten Badeanzügen gestattet, die vom Hals bis zum Knie reichen …“, hieß es darin. Ein Beispiel für die Auswüchse der Prüderie beschreibt Wolfgang Rudolph: *„In meinen Kinderjahren standen am Selliner Strand … die weiß gestrichenen Holzkästen der Herren- und Damenbadeanstalten. … Gut erinnere ich mich noch, wie 1930 einige verstaubte Verordnungen durch ein erschreckendes Ereignis hinweggefegt wurden. Es war bis dahin verboten gewesen, die Selliner Seebrücke im Badeanzug zu betreten. In jenem Sommer geriet ein Gast beim Schwimmen in der Brandung … in Lebensgefahr. Man hörte seine Hilferufe, und beherzte Rettungsschwimmer rannten zur Seebrücke, um vom Steg aus dem mit den Wellen Kämpfenden zu helfen. Der Zerberus an der Eingangspforte hielt sie jedoch … zurück: „Halt! Das Betreten der Brücke ist nur angekleideten Personen gestattet!“ Alle dringlichen Vorstellungen prallten an seiner Unnahbarkeit ab. Da kam einer der Rettungsschwimmer auf die glückliche Idee, uns Kindern zuzurufen: „Holt schnell ein paar Bademäntel!“ Damit bekleidet, wurde ihnen der Eingang zur Seebrücke gestattet. Es gelang gerade noch, den Ertrinkenden zu retten; am selben Abend erzwang eine Protestversammlung der Badegäste im Kurhaus die Aufhebung dieser verschimmelten Bestimmung.“*[22]

Im Widerspruch zu der Prüderie steht, was Gerhart Hauptmann über seinen Roman „Die Insel der großen Mutter“ bemerkt haben soll: *„Ich hätte sie wohl nie geschrieben, hätte ich nicht jahrelang auf Hiddensee die vielen schönen, oft ganz nackten Frauenkörper gesehen und das Treiben dort beobachtet.“*[23] Ob der gute Gerhart verbotenerweise gelurt hatte?

Heute tobt eine andere Schlacht an den Rügener Stränden, die tief in die zerrissene Seele des deutschen Volkes reicht. Ich erinnerte mich an einen älteren Herrn, mit dem ich in Göhren ein interessantes Gespräch hatte.

Oskar war fünfundsechzig Jahre alt, stammte aus der Nähe von Berlin, hatte schütteres, stahlgraues Haar und einen Schnauzbart. Er stand an einem von „Textilern“ eroberten

FKK-Strand und zeigte splitterfasernackt seinen stattlichen Bauch, der ihm offensichtlich den Blick auf seine Füße versperrte. Denn sonst hätte er vielleicht gemerkt, dass er außer seiner Nacktheit nur seine schwarzen Socken anbehielt.

Er fiel mir auf, weil er eine halbe Stunde lang vergeblich versuchte, sein neues Halbzelt aufzubauen. Die Stangen zusammenzustecken ging ja noch. Aber die Stange in die Schlaufe der Zeltplane zu schieben, entpuppte sich für seine großen Hände als Problem – zumal der Wind sich als hämischer Saboteur aufführte und die Zeltplane mal gegen Oskars Bauch blies und dann wieder aus seinen Händen reißen wollte. Oskar gab nicht auf und schaffte es, die Plane mit den Stäben zu bestücken. Am Kopf kratzend besah er sich sein Werk und bemerkte messerscharf: Das sieht noch nicht nach Zelt aus. Zwar lag die Plane nun friedlich mit den Stäben in Form gebracht am Boden, aber dort lag sie eben. Das konnte kaum der Sinn der Sache sein. Immerhin gelangte Oskar dadurch zu der Erkenntnis, die Stangen irgendwie zu biegen und im Boden zu verankern. Dummerweise rutschte die unbotmäßige Stange bei dem Bemühen, in dieser Richtung einen Versuch zu unternehmen, ein Stückchen heraus und die Plane flatterte wieder lustig im Wind.

Oskar wurde die Sache jetzt zu blöd. Er setzte sich und zog seine schwarzen Socken aus. Dann startete er einen zweiten Anlauf, aber wie er Stangen und Plane auch drehte, irgendwo flatterte etwas oder fiel in sich zusammen. Ich bekam Mitleid, ging zu ihm hinüber und sagte: „Grüß Gott, kann ich Ihnen helfen?“

Oskar musterte mich von oben bis unten und sagte: „Jiebt es dat och noch, ein Wessi, der sich nich zu fein ist, sich nackich zu machen.“

„Warum nicht?“, erwiderte ich. „Ich dachte, das ist an den Rügener Stränden üblich?“

„Dat war mal, mein Junge“, sagte Oskar. „Erst haben die Wessis uns mit ihrem Jeld plattjemacht und nu machen sie uns och noch mit ihren Badehosen platt, aber nich mit mir.“

Ich schmunzelte. „Das mit dem Geld verstehe ich, aber dass die Badehose zu den Bannern des Westens gehört, ist mir neu“, flachste ich und hatte plötzlich das Bild vor mir, wie über dem Bundestagsgebäude statt der deutschen Fahne eine Badehose gehisst wird.

„Ick sage dir, dat is nich so lustig, wie sich dat anhört. Ick seh dat kommen, die nächste Mauer wird wegen der Badehose jebaut.“

Während wir sein Halbzelt aufbauten, erzählte mir Oskar von der unüberwindbaren Kluft, die sich zwischen Ost und West beim Thema Nacktbaden auftut.

„Weißte, dat mit dem Nacktbaden, dat war nich nur ein Spleen von uns Ossis, dat war ein Stück Lebenskultur. Dat war die einzige freiwillige Massenbewegung in der DDR. Erich und seine Konsorten, die wollten alles gleich haben, aber der einzige Ort in der DDR, wo alle gleich waren, war hier am Strand. Da hat der Herr Jeneraldirektor jenauso nackich im Sande jelegen wie der Arbeiter. Dat hier, dat war unsre kleine Freiheit, die wir uns jenommen haben.“

„Waren FKK-Vereine und Nacktbaden in der frühen DDR nicht verboten?“, fragte ich dazwischen.

„Dat war ja der Spaß“, antwortete Oskar. „Wat nützt ein Verbot, dat du nich durchsetzen kannst? Nu, dat war janz einfach, da hat immer jemand nach den Vopos Ausschau jehalten und wenn sie kamen, dann hieß es, ruck zuck rin in die Büchs. Und wer im Wasser war, musste warten, bis sie wieder wech waren. Dat haben die Leute janz fix spitzgekriegt, dat sie hier uf janz harmlose Weise der Staatsmacht eins auswischen konnten. 1953 jabs uf der Schaabe gerade mal dreihundert Meter FKK-Strand. Da hab ick mir mit ein paar Jungs unterjehakt und den Textilstrand ufjerollt, dat kannste dir denken, wat für ein Spaß dat war. Nu, und ein paar Jahre später hat kein Mensch mehr danach jefragt ob nackich oder nich, und alle wollten sie plötzlich nackich. Dat war schon fast anarchistisch. Denn kam die Wende. Nu, wir natürlich erstmal raus in die Welt jefahren, weil wir och mal sehen wollten, wie dat im Westen ist. Und wat haben wir jesehen? Woanders ist dat och nich viel schicker als bei uns an der Ostsee. Nu, und denn sind wir wiederjekommen und dachten, wir sehen nicht recht. Da ist dat alles plötzlich wieder so schnieke herjerichtet wie anno dazumal. Nu jut, dat war schon och nötig, dat sie hier mal wat an den Häusern machen. – Denn bin ick hier an den Strand und zieh mir aus, da kommt so ein gelackter Abteilungsleiter-Typ uf mich zu und brüllt mir an: ‚Verschwinden Sie hier oder ziehen Sie sich was Anständiges an. Das ist ja abstoßend.‘

Ick dachte, ick höre nich recht. ‚Wat is dat?‘, sag ich zu ihm, ‚abstoßend? Soll ick dir mal wat sagen: Wenn du die ostdeutsche Blöße nich ertragen kannst, ist dat dein Problem. Weil, dat is nämlich so: Erst haben die Nazis alles niedergekloppt, denn haben uns die Sozialisten ausgeräubert und den Rest haben die Spekulanten abgezockt. Da dürft ihr euch nich wundern, wenn wir jetzt nackich vor euch stehen‘. Dat hat ihn janz jut wütend jemacht.

Der Knilch ist schimpfend davonjetrabt und hat den Strandwärter jeholt. Und wat hab ick jemacht?“ Oskar sah mich feixend an.

„Ruck zuck rin in die Büchs“, antwortete ich lachend.

„Jenau, und wie der Wessi zurückkommt, sitze ick in der kurzen Hose und mit Hemd da. Ich sach dir, die Textiler aus'm Westen, die kriegen mich nich kleene. Wenns sein muss, schnapp ick mir ein paar Jungs, hak mich mit ihnen unter und roll den janzen Textil noch einmal uff.“

Seit der Unterhaltung mit Oskar bin ich stets darauf gefasst, am Strand einem Demonstrationszug von Nackten zu begegnen, mit dem dickbauchigen Oskar an der Spitze, der wieder vergessen hat, seine schwarzen Socken auszuziehen.

An der Schaabe war die Welt der Nackten noch in Ordnung, allerdings versuchten auch hier etliche Textiler die Vorherrschaft der nackten Bastion zu brechen.

Ich setzte mich auf und sah über den Strand und die See. Am Meer überflutet uns die Natur mit sinnlichen Eindrücken, was liegt näher, als sich auszuziehen und sich selbst als Teil der Natur zu fühlen, so wie Gott uns geschaffen hat. Sich einzugraben in den warmen Sand, das sanfte Streicheln des

Windes auf der Haut zu spüren, sich von den Wellen tragen zu lassen, was für ein sinnliches Erlebnis.

Plötzlich unterbrach eine Textilerin meine Gedanken. Sie mühte sich, ihrem Hund Gehorsam beizubringen, und gehörte augenscheinlich zu den Menschen, die ein anderes Wesen brauchen, dem sie etwas verbieten können.

„Conny nein!“, das war das häufigste Kommando, das die junge Frau ihrem schwarzbraunen Mischlingshund zuwarf. Sie führte ihn an einem etwa zehn Meter langen Strick und übte mit ihm Stöckchen apportieren. Conny schnappte sich den Stock, buddelte ein Loch im Sand und legte ihn rein, so wie sich das für eine Hundebeute gehört. „Frauchen“ brüllte: „Nein, Conny!“, aber Conny bestand eisern darauf, den Stock nicht mehr herzugeben.

„Frauchen“ gab sich geschlagen und versuchte mit Hilfe von Leckerli Conny zum „Sitz“ zu bewegen. „Heieiei, Fresschen!“, dachte Conny und schaute erwartungsvoll. Brav setzte er sich hin, fixierte das Leckerli – bekam es aber nicht. „Frauchen“ ging drei, vier Schritte zurück, und noch einmal: „Conny, komm her und sitz.“ Das wiederholte sie so lange, bis Conny die Lust verlor.

Mr. Wallace wollte sich dieses Drama nicht länger ansehen. Er rannte los, hielt direkt auf Conny zu, fetzte an ihm vorbei, machte hinter ihm eine Vollbremsung, dass er sich fast überschlug, stürzte sich mit einem freundlichen Schwanzwedeln und hängender Zunge auf Conny und forderte ihn mit der Pfote zum Spielen auf. Conny war sofort hellwach, prompt kam das scharfe Kommando von „Frauchen“: „Nein, Conny!“

Conny ließ sich davon nicht stören. Er rannte mit Mr. Wallace los, neckte ihn mit der Pfote und kugelte sich mit ihm im Sand. Mr. Wallace lief halb im Wasser den Strand entlang. Conny jagte ihm hinterher und „Frauchen“ schrie „Nein Conny!“, es half aber nichts. Conny vergaß sogar die Leine – die Erinnerung kam schmerzhaft zurück, die Leine zog sich straff und erwürgte den armen Conny fast und „Frauchen“ lachte hämisch.

Mr. Wallace gab nicht auf. Er trabte zu Conny zurück und die beiden tobten über den Strand, so weit es die Leine zuließ – und „Frauchen“ schrie: „Langsam Conny!“, was natürlich Blödsinn war. Wie soll ein junger Hund langsam toben?

Die Hunde blickten sich an und Mr. Wallace schien zu sagen: „Gehen wir schwimmen?“ Connys Augen blitzten auf und sie stürzten sich ins Wasser. „Conny, nicht ins Wasser“, brüllte „Frauchen“.

Conny bellte sie unwillig an und „Frauchen“ schrie: „Sei ruhig, Conny!“

Sie zog ihn aus dem Wasser, Conny schüttelte sich und „Frauchen“ schrie: „Hör auf, Conny!“

Conny biss in die Leine, riss sie „Frauchen“ mit einem kräftigen Ruck aus der Hand und bellte: „Mach's gut ‚Frauchen‘!“ Er rannte über den Strand, bis er nicht mehr zu sehen war. Und „Frauchen“ flüsterte: „Nein, Conny.“

Aber nicht nur Hunde leiden unter Kommandomanie. Wer keinen Hund zur Hand hat, kommandiert seine Kinder, so wie Michaela, eine junge Mutter, die mit ihrem Mann und dem kleinen Paulchen Urlaub auf dem Reitergut machte. Wir saßen abends am Tisch und warteten auf das Abendbrot. Ich beobachtete den einjährigen Paulchen. Für ihn war alles neu, die vielen fremden Leute und die Umgebung. Neugierig musterte er alles und hätte so gerne manches mit seinen kleinen Fingerchen genauer untersucht – oder besser gesagt, begriffen. Er durfte aber nicht. Eingezwängt in seinem Kinderstuhl mit einem kleinen Tischchen vor der Brust und Lätzchen um, musste er wie die Erwachsenen auf das Abendessen warten.

Das Essen kam, Michaela vermanschte Kartoffeln und Gemüse auf ihrem Teller zu Brei und schob ihn Paulchen in den Mund. Er sah den Löffel kommen, schaute skeptisch und dachte wohl: „Was soll's, mir bleibt ja keine Wahl.“

Wie hilflos ein Kind gegenüber seinen Eltern ist, dachte ich. Dabei ging es Paulchen nicht so sehr um das Essen. Als er es probiert hatte, schmeckte es ihm offensichtlich. Doch er sah sich seine Händchen an und sagte sich: „Mit denen muss doch etwas anzufangen sein“, und griff schnurstracks nach seinem Becher, der vor ihm stand. Aber keine Chance, Michaela nahm ihm den Becher aus der Hand, sagte: „Nein, Paulchen!“, und stopfte weiter Essen in ihn rein.

„Na gut“, dachte sich Paulchen und besann sich auf seine Füßchen. Es dauerte nicht lange, da hatte er den Dreh raus, wie er seine Hausschuhchen am Stuhlbein abstreifen konnte. Das machte ihm sichtlich Spaß und er zappelte mit den Füßen. Aber Michaela machte das keinen Spaß: „Hör auf Paulchen!“, kommandierte sie, hob seine Schuhchen auf und zog sie ihm wieder an. „Lustig“, dachte Paulchen und begann das Spielchen von vorne. „Hör jetzt auf damit!“, mahnte Michaela, sah Paulchen böse an und hielt ihm die Füße fest.

Dafür hatte Paulchen die Hände frei und griff wieder nach seinem Becher. Zu spät, flugs hatte Michaela alles weggeräumt, was in Paulchens Griffweite war, und hielt ihm erneut die Füßchen fest. Mit einem – fast schon diabolischen – Grinsen sah sie ihn an und sagte frech: „Das ist schon blöd, wenn man so klein ist und nichts darf.“

Das ärgerte mich. Ich hatte viel Verständnis, dass Michaela ihrem Kind Tischmanieren beibringen wollte. Doch in ihrem Gesichtsausdruck lag etwas, das mich erschreckte: eine fast narzisstische Lust, ihre Überlegenheit gegenüber dem Kind auszukosten. Ich glaube, Paulchen hätte sich gut mit Conny verstanden.

Während ich meinen Gedanken nachhing, hatte Luisa im Reiseführer geblättert. Für ihren ruhelosen Geist bot das Strandleben auf Dauer zu wenig Anregung. „Wir fahren zu den Feuersteinfeldern“, teilte sie mir im Offiziersstil das weitere Tagesprogramm mit. Ich salutierte und wir packten unsere Sachen zusammen.

Die Feuersteinfelder von Murkan sind leicht zu finden, nämlich dort, wo Menschenmengen zwischen Büschen und

Heidekraut stehen und mit ratlosen Mienen zwei Steine aneinanderschlagen. Der Haken an den Feuersteinfeldern ist nämlich: Die meisten Leute wissen anscheinend nicht, wie Feuersteine aussehen, sonst würden sie nicht nach Murkan fahren, sondern hätten sie schon am Strand vom Jasmund eingesammelt, dort lagern ebenfalls massenweise Feuersteine. Aber dort suchen die Leute lieber Hühnergötter und Bernstein. Luisa und ich verkniffen uns, lauthals zu lachen, als ein älterer Herr ein kleines Loch grub, die Feuersteine beiseite schob um darunter Feuersteine zu suchen.

Nur gut, dass die Menschen in der Steinzeit nicht so umständlich waren wie die Touristen des 21. Jahrhunderts, sonst wären sie wahrscheinlich verhungert. Der Feuerstein diente ihnen nicht nur zum Feuermachen, sondern vor allem als Material für Beile, Speerspitzen und Messer.

Die Feuersteinfelder im Wald der Schmalen Heide wurden von großen Sturmfluten vor rund viertausend Jahren zusammengetragen. Auf einer zwei Kilometer langen und 200 Meter breiten Fläche lagern in 14 Wellen mehrere Meter dicke Geröllschichten. Etwa neunzig Prozent davon bestehen aus Feuerstein. Das Areal sieht aus wie ein ausgetrocknetes Flussbett. Heidekraut und Preiselbeeren sowie verschiedene Gräser und Blumen bedecken in kleinen Gemeinschaften die steinige Ebene. Wilde Birnen finden sich ebenso wie Stechpalme, Hundsrose, Wacholder oder Schlehen. Das Schöne ist, man kann sich alles aus der Nähe ansehen, denn die Büsche und Bodendecker liegen wie grüne Inseln in dem Geröllfeld. Rätselhaft blieb mir, warum die Natur es in Jahrtausenden nicht vermochte, diese Steinhalde völlig zu bedecken. Aber darüber dürfen sich Geologen und Botaniker gemeinsam Gedanken machen. Luisa und ich fanden diese Landschaft sehr schön – wenn nur das ewige Steineaneinanderklopfen nicht gewesen wäre.

Ein kleiner dicker Leuchtturm, daneben ein schlanker hoher Leuchtturm und drumherum Buschwerk, das konnte nur Kap Arkona sein. David hatte einen Jungen gemalt, der die Straße zum Kap mit einem Fahrrad hinuntersauste. Ich dachte mir nichts dabei, aber Luisa fiel dazu eine Geschichte ein.

„Eines Morgens holte mich David nicht mehr zu Fuß, sondern mit seinem neuen Fahrrad ab“, erzählte Luisa, während wir Richtung Kap Arkona fuhren. „Vielleicht erinnerst du dich noch an die kleinen Räder mit Bananensattel, Rückenlehne und Chopper-Lenker?“

„Ja, so eins hatte ich auch. Die Krönung war der Fuchsschwanz an der Lehne.“

„Allerdings“, erwiderte Luisa. „David sah toll aus auf seinem Fahrrad. Er hielt bei mir an, sagte kurz ‚Hallo‘, fuhr weiter und verschwand um die Ecke. Ich schrie und rannte hinter ihm her, aber er war schon weg. Seit dem dritten Schultag war ich nicht mehr ohne ihn in die Schule gegangen. Ahnst du, wie eifersüchtig ein kleines Mädchen auf ein Fahrrad sein kann?“

Ich nickte schmunzelnd.

„In der Pause ist er mit den anderen Jungs über den Hof geradelt und auf dem Heimweg hat er mich umkreist wie eine lästige Fliege. Ich strafte ihn mit Missachtung, ich hasste sein neues Fahrrad – und wollte genau das gleiche haben.“

„Konntest du Fahrrad fahren?“

„Das war mir egal, ich wollte so ein Fahrrad.“

„Wie lange haben deine Eltern Widerstand geleistet?“, fragte ich lachend.

„Wie lange hältst du es mit mir aus, wenn ich schlecht gelaunt bin?“

„Ach, doch so lange“, erwiderte ich süffisant.

„Ich war fest davon überzeugt, nie mehr glücklich sein zu können, wenn ich das Fahrrad nicht bekomme. Aber ich musste zwei Wochen warten, bis meine Eltern mich wieder besuchten.“

„Grauenvoll!“, sagte ich.

„Gar nicht“, erwiderte Luisa. Ich sah sie überrascht an.

„Nach drei Tagen sagte David in der großen Pause: ‚Ich zeige dir, wie man damit fährt‘, und hielt mir sein Rad hin. Wortlos stieg ich auf und radelte, von David gestützt, über den Schulhof.“

Wir stellten unser Auto in Putgarten ab und gingen Richtung Kap. *„Wenn man auf Arkona steht, ist nur der Anblick des Meeres anziehend und erhaben“*[24], schrieb Wilhelm von Humboldt vor knapp zweihundert Jahren in sein Reisetagebuch. Und Luisa stöhnte: „Mein Gott, ist das langweilig hier.“

Die Parkplatzfläche in Putgarten hatte sich im Laufe der Jahre verdreifacht und mittendrin war eine Einkaufsstraße mittlerer Größe entstanden. Die niedrigen Holzhütten erinnerten an einen Jahrmarkt und erst recht die Arkona-Bahn, ein Erdgastraktor, als Lokomotive getarnt, mit niedlichen Anhängern.

Aber mit „langweilig“ meinte Luisa etwas anderes. Wo wir hinblickten, die gleichen Sommerhosen und Shorts, karierten Hemden, Hütchen und Regenjacken, es schien fast, als ob die Nation bei ein und demselben Versandhändler einkaufte. Wie in Sellin, Putbus, Hiddensee oder an der Stubbenkammer trafen wir meist ältere Leute oder Familien mit Kindern. Wo waren die ausgefallenen Typen, die Rucksacktouristen, die Motorradfahrer in Lederkluft, die Waldschrate? Nur ein kleiner Junge fiel auf: Er hatte sich als Pirat verkleidet und trug eine Totenkopffahne vor sich her.

Was die Kleidung anging, hatte Luisa natürlich ihre eigene, reichlich absurde Theorie: „Kurz vor dem Rügendamm steht ein großes Kaufhaus – wir kamen ja mitten in der Nacht an und haben es deshalb übersehen“, fantasierte Luisa. „Der Verkehr wird in die Tiefgarage gelotst und an mehreren Kontrollstellen müssen die Urlauber ihr Gepäck abgeben. Die für Rügen unpassenden Kleidungsstücke werden aussortiert und – quasi als Rügenservice – bekommen die Leute zum halben Preis für Rügen passende Kleidungsstücke. Erst dann dürfen die Urlauber den Rügendamm passieren."

Ich schüttelte nur den Kopf.

Wir gingen die Straße hinauf, die das Kap mit der Ortschaft Putgarten verbindet. Kurz nach uns kamen mehrere Reisebusse an und ergossen ihre Fracht auf die schmale Landstraße zum Kap. Ich sah mich um, einige hundert Touristen folgten uns.

„Wie einst der Dänenkönig Waldemar I., der seine Truppen gen Arkona führte, schreite ich der Heerschar voran", verkündete ich.

„Und an deiner Seite, mein König, erhebt Bischof Absalon von Roskilde sein Schwert", rief Luisa und lächelte verschmitzt: „Ich habe gestern Abend in deinen Büchern gestöbert und mich gut informiert, was in jenen Pfingsttagen anno 1168 mit der slawischen Tempelburg Arkona und dem Standbild des Swantevit geschah."

„Und was rät mir Eure Exzellenz zu tun?", fragte ich.

„Ich würde Eurer Majestät anraten, zunächst die Verteidigungsanlagen der Tempelburg zu inspizieren."

„So soll es sein!", erwiderte ich.

Wir gingen zu dem Erdwall, der den östlichen Teil von Kap Arkona gegen das umliegende Land abschließt.

„Verehrter Bischof, das scheint mir eine schier unlösbare Aufgabe, diese Trutzburg im Sturm zu erobern", sagte ich, als wir vor dem hoch aufragenden Hügel standen, der mit seinen bunt blühenden Wildkräutern ganz und gar keinen kriegerischen Eindruck vermittelte. „Bis meine Mannen diesen fünfzig Fuß hohen Erdwall emporklettern, würden sie von den Pfeilen der Ranen niedergemäht", fuhr ich fort, „geschweige, dass es ihnen gelänge, die mannshohen, hölzernen Palisaden zu überwinden."

„So müssen sie das Tor erstürmen", schlug Luisa vor.

„Wie sollen sie das anstellen? Seht Ihr nicht den Erdwall, den die Tempelgarde davor aufgeschüttet hat? Und der hölzerne Torturm scheint mir so massiv, dass weder Pfeil noch Wurfgeschoss ihm ein Leid zufügen könnte."

„Dann muss sich Eure Majestät auf eine lange Belagerung einstellen“, entgegnete Luisa.

„Es wäre mehr nach meinem Geschmack, den Slawenkönig Tetzlaw und seine Edlen in der Hauptstadt Karenz zu stellen und ihnen den Garaus zu machen“, mäkelte ich.

„Ich widerspreche Eurer Majestät ungern“, antwortete Luisa. „Wenn Swantevit, die höchste Gottheit der Ranen, stürzt, wird Euch Karenz wie eine reife Frucht in die Hände fallen. Vergesst nicht, was es hier zu holen gibt: der sagenhafte Schatz des Swantevit für Euch und die Ländereien mit ihren Schäfchen für die Mutter Kirche.“

„Das heidnische Rügen, als letzter weißer Fleck auf der christlichen Landkarte, scheint Euch ein Dorn im Auge zu sein“, entgegnete ich.

„Ebenso wie Euch die Rügener Seeräuber. Ihr habt viel investiert in diesen seit Jahren dauernden Krieg und so manche schmachvolle Niederlage einstecken müssen. Es ist an der Zeit, eine Entscheidung herbeizuführen, und die liegt hinter diesem Erdwall.“

„Warum seid Ihr so sicher, dass sich Tetzlaw ergeben wird?“

„Seht Majestät, der König der Ranen kann nicht gegen den Hohen Priester des Swantevit regieren. Für jeden seiner Schritte muss er das Orakel befragen. Das wird nicht immer ohne Konflikte abgehen. Vielleicht tun wir den Slawenfürsten sogar einen Gefallen, wenn wir ihren geistlichen Widerpart aus dem Weg räumen und sie als christliche Fürsten die Insel weiterregieren dürfen – als Vasallen von Euer Gnaden natürlich. Des Königs Bruder Jaromar scheint mir ein geeigneter Kandidat dafür zu sein.“

„Mein lieber Bischof, Eure Raffinesse ist bewundernswert. Aber werden sich Tetzlaw und Jaromar Euren Ränken fügen?“

„Sie können nur gewinnen, nämlich die alleinige Regentschaft über Rügen – ohne den Hohen Priester.“

„Doch Ihr verteilt das Bärenfell, bevor das Untier gefallen ist.“

„Ich hätte eine Idee, wie Ihr das Untier zu Fall bringen könnt. Hier gibt es genügend Wald, um hölzerne Belagerungstürme zu bauen. Damit sollte es Euch gelingen, den Wall zu überwinden."

„So soll es sein", sagte ich. „Wollt Ihr den Befehl an die Truppen geben?"

Luisa wandte sich um und rief den imaginären Truppen zu: „Seine Majestät Waldemar I. von Dänemark befiehlt ..." Plötzlich bemerkte Luisa, dass unsere Truppen gar nicht so imaginär waren. Vor uns stand der kleine Junge mit der Seeräuberfahne und hörte uns aufmerksam zu, während sich in den Blicken seiner Eltern die Überzeugung widerspiegelte, zwei Verrückte vor sich zu haben. Luisa und ich lächelten das junge Paar verlegen an und zuckten mit den Schultern. „Das ist nur ein Spiel", sagte ich entschuldigend. „Wir spielen die Eroberung der Tempelburg."

„Darf ich mitspielen?", fragte der Junge. „Ich bin Störtebeker, der den Reichen ihr Geld klaut, um es den Armen zu geben."

„Ja", sagte ich, „wenn du möchtest und deine Eltern es erlauben. Es waren übermütige Jungs wie du, die als Erste die Burg, die hier einmal stand, angegriffen haben."

„Au ja, ich erobere jetzt die Burg und vertreibe die bösen Ritter", rief der Junge. Luisa und ich warfen den Eltern das vertrauenerweckendste Lächeln zu, das unsere Lippen hergaben, und sie stimmten, neugierig geworden, zu.

„Jetzt pass auf", sagte ich zu dem Jungen. „Vor vielen hundert Jahren haben der König und seine Soldaten die Burg Arkona vier Wochen lang belagert. Ein paar Jungs war das zu langweilig und sie sind auf den Hügel geklettert und haben die Wachen, die dort oben standen, mit Steinen beworfen."

„Und dann haben die Ritter Angst bekommen und sind weggelaufen", sagte der Junge.

„Nicht ganz", antwortete ich. „Was machen Jungs noch gerne?"

Der Bub überlegte einen Augenblick. „Feuer!", sagte er.

„Genau", erwiderte ich. „Das spielen wir jetzt."

„Wir tun nur so", sagte der Vater mahnend. „Keine echten Steine, kein echtes Feuer!"

Mit markerschütterndem Kampfgeheul rannte der Junge ein Stück den Erdhügel hinauf. Belustigt beobachteten wir, wie er Unmengen Steine nach der Tempelgarde warf, während er seine Piratenfahne wie eine Lanze in die Höhe streckte. Er focht und boxte, als hätte ihn eine Streitmacht umzingelt. Plötzlich hielt er inne, schlich ein Stück an dem Wall entlang, ging in die Hocke und beugte sich nach vorne, als ob er etwas verbergen wollte. Mit einem verstohlenen Blick vergewisserte er sich, dass ihn niemand beobachtete.

Er schien mit dem heimlichen Zündeln Erfahrung zu haben, dachte ich schmunzelnd. Plötzlich sprang er auf, kam zu uns gelaufen und rief: „Es brennt, es brennt, die Burg des bösen Ritters brennt!"

„Eure Majestät", sagte Luisa, „es scheint, am Torturm sei Feuer ausgebrochen."

„Wie ist das möglich?", fragte ich.

„Mein junger Kämpe und seine Freunde haben sich ein Scharmützel mit den Wachen geliefert", antwortete der Vater des Jungen und schaltete sich in unser Spiel ein.

„Wie es aussieht, ist der Erdwall vor dem Tor in der flirrenden Hitze in sich zusammengesunken und hat einen Spalt freigegeben, sodass die jungen Krieger am Fuß des Tores Feuer legen konnten", erklärte Luisa. „Wir sollten die Gunst der Stunde nutzen und angreifen."

„Jawohl, nieder mit der heidnischen Tempelburg", rief der Vater halb lachend, halb ernst und wir stimmten in seinen Kriegsruf ein. Mit Geheul rannten wir auf den Eingang der alten Burganlage zu. Doch unser Sturmlauf wurde abrupt gestoppt – von einem Kassenhäuschen.

Mit weit aufgerissenen Augen sah die Kassiererin – die für die Besichtigung der alten Tempelstadt einen Euro Eintritt wollte – fünf Menschen mit wütendem Kriegsgeschrei auf sich zustürzen. Sie nahm ihren Mut zusammen und stellte sich uns mit verschränkten Armen wie ein Zerberus in den Weg.

Mit herrischer Geste gebot ich meinen Untertanen anzuhalten und rief: „Wir müssen den Angriff abblasen, die Torwache leistet erbitterten Widerstand.“ Wir machten kehrt und sammelten uns am Fuße des Burgwalls.

„Was sollen wir jetzt tun, Eure Majestät?“, fragte der Vater des Jungen.

„Das Feuer hat auf die Stadt übergegriffen“, erwiderte ich. „Das Wasser der einzigen Quelle wird niemals reichen, eine solche Feuersbrunst zu löschen.

„Arkun verbrennt mit Mann und Maus – oder sie kapitulieren“, warf Luisa ein.

„Wie ich Euch kenne, mein lieber Bischof, seid Ihr darauf bestens vorbereitet“, sagte ich.

„Natürlich, Eure Majestät“, erwiderte Luisa. „In wenigen Stunden wird Rügen dänisch, seine Einwohner getauft und das Götzenbild des Swantevit zerstört sein. Und Ihr, Majestät, seid um einen sagenhaften Schatz reicher.“

„Das wird den pommerschen Herzögen, die mich unterstützt haben, nicht gefallen?“

„Die Herzöge gehen leer aus, wenn wir es geschickt anfangen.“

„Und wie?“

„Wir nehmen die Kapitulation von Arkun nur an, wenn Tetzlaw sich unterwirft und die Insel Euch allein übergibt. Dreißig Schiffe stehen unter Segeln, ich fahre nach Karenz, um die Kapitulation entgegenzunehmen, noch bevor die pommerschen Herzöge etwas merken“, erklärte Luisa.

„So soll es sein.“ Ich wandte mich an meine Krieger: „Nun denn, ihr habt tapfer gekämpft, vor allem du, mein junger Kämpe. So will ich dich mit einem Orden auszeichnen.“ Ich pflückte die Blüte einer Scharfgarbe, die am Wegrand stand, und steckte sie dem Jungen ins Knopfloch. „Nun geht euch stärken und nehmt euch vor der Torwache in Acht.“

Lachend verabschiedeten wir uns von unseren Mitstreitern und der Junge trug noch so manchen Kampf aus, bis sie die Restaurants bei den beiden Leuchttürmen erreichten.

„Was hat Eure Majestät nun vor?“, fragte Luisa.

„Ich will mir das Götzenbild des Swantevit besehen", antwortete ich.

Wir gingen zurück zum Eingang und versuchten unser Glück erneut, diesmal in friedlicher Absicht.

Um dies der Kassiererin von Weitem zu verdeutlichen, zogen wir demonstrativ unsere Geldbeutel und hielten sie sichtbar in der Hand. Die Mittfünfzigerin am Kassenhäuschen sah uns streng an und kassierte wortlos einen Euro ab.

Von der Tempelstadt ist nur eine Wiese übrig geblieben. Am Rande der Steilküste durchwühlten Archäologen in zwei Ausschachtungen mit großen Sieben die Erde. Ich dachte daran, die Kassiererin zu fragen, warum wir Eintritt bezahlen mussten, um eine grüne Wiese zu sehen. Ich beherrschte mich aber.

„Eure Majestät, der Tempel des Swantevit", sagte Luisa und wies auf die Mitte des Plateaus. „Allein der Hohepriester hat das Antlitz des Ranen-Gottes je gesehen. Wollt Ihr Euren Truppen den Befehl geben, den Heidentempel niederzureißen?"

Ich gab einen königlichen Wink und unsere imaginären Soldaten stürzten sich auf den hölzernen, quadratischen Bau, der die Statue des Swantevit barg. Unter den Axthieben der aufgekratzten Soldateska fielen die Holzwände krachend zu Boden und gaben *„einen weiteren Raum frei, der mit purpurnen Teppichen verhängt war. Dahinter stand Swantewit, eine Holzfigur, größer als Menschengestalt. Auf dem klotzigen Leib waren auf vier Hälften vier Köpfe angebracht, sie schauten nach den vier Himmelsrichtungen. Ein ehemals weiß gewesener Mantel reichte bis auf die Knie herab. Den linken Arm hatte er in die Seite gestemmt, den rechten hielt er vorgestreckt, und mit der Faust desselben umfasste er das silberne Trinkhorn. Ein mächtiges Schwert mit silbernem Griff und silberner Scheide lehnte an seiner Linken, ein reichverziertes Pferdegeschirr lag ihm zu Füßen."*[25]

„Zerschlagt die Figur und verfeuert sie unter den Suppenkesseln", befahl ich meinen Soldaten und Luisa ergänzte: „Und aus den Resten des Tempels baut ihr mir bis morgen eine Kirche."

Damit war es für die Tempelstadt gleichgültig, ob Kapitulation oder Eroberung. Absalon hatte auf ganzer Linie gesiegt. Wie erwartet, kapitulierte nach dem Fall von Arkona auch König Tetzlaw.

Schweigsam schlenderten wir zum Rand der Steilküste und sahen auf die aufgewühlte See, die sich tief unter uns ausbreitete. *„Es schreitet mit so zuversichtlicher Kühnheit ins Meer hinein, und da es ganz öde und kahl ist, so lässt es den Blick nirgends ausruhen, sondern treibt ihn in unendliche Ferne hinaus“* [26], schrieb Humboldt über das Kap. Ein kräftiger kühler Wind blies uns entgegen. Wir standen still da und vergaßen für einen Augenblick alles andere.

„Ob sich Waldemar und Absalon als Helden der Christenheit gefühlt haben?“, fragte ich Luisa unvermittelt.

„Wie kommst du darauf?“

„Weil ich mich bei dem Gedanken, dass wir eben die Kultur unserer Urahnen vernichtet haben, nicht wohl fühle. – Dieser Ort gebietet Ehrfurcht.“

Luisa nickte nachdenklich und erwiderte: „An kaum einem anderen Ort ist man Himmel, Wasser und Erde so nahe, so als würden sich die Elemente hier berühren.“

Wir standen eine Weile still da und spazierten dann zu der Aussichtsplattform auf dem alten Burgwall.

„Stimmt es, dass die Ranen einmal im Jahr dem Swantevit ein Menschenopfer brachten?“, fragte Luisa.

„Es spricht vieles dafür“, antwortete ich, „aber im gleichen Zeitraum haben Christen hunderte Slawen erschlagen. Ich denke, wir haben das Recht verwirkt, über die Opferrituale unserer Urahnen zu urteilen. Zu tief haben Christen im Namen Gottes ihre Hände in Blut getaucht.“

„Aber dem Hohepriester ging es auch nur um Macht und Gold“, warf Luisa ein.

„Mag sein“, antwortete ich, „aber was der Hohepriester wollte, spielt keine Rolle, vielmehr geht es darum, was tausende Menschen geglaubt haben. An diesem Ort haben sie eine höhere Macht verehrt, einen Schöpfergott, einen Gott, der sie beschützte oder vernichtete – wie auch immer. Dieser Ort war ihnen heilig und diese Heiligkeit ist bis heute spürbar."

„Es sei denn, unser Verstand weigert sich, eine höhere Macht anzuerkennen", erwiderte Luisa.

„Tja, dann ist Kap Arkona nicht mehr als eine grüne Wiese, für die man einen Euro Eintritt zahlen muss."

Wir standen auf der Aussichtsplattform und genossen den Rundblick. Vor uns lag das Plateau der alten Tempelstadt, an seinem Rande wuchsen ein paar Büsche und bunt blühende Wildkräuter. Wie ein Thron stand das Kap in der blauen Weite des Meeres. Linker Hand wogten weite goldgelbe Kornfelder und aus dem windschiefen Buschwerk am nördlichen Rand ragten die beiden Leuchttürme heraus. Im Südwesten sahen wir auf die geschwungene Linie der schroffen Küste, an der unablässig die Brandung der Ostsee nagte. Kap Arkona ist ein erhabener Ort.

Plötzlich stieß mir Luisa in die Seite. „Sieh mal, dort!", rief sie und zeigte auf die Wiese.

Mitten in der alten Tempelstadt stand ein großer, kräftiger Mann mit einem weiten, bunt bestickten Mantel, langen, weißen Haaren und Bart. Er führte einen Schimmel an der einen Hand, in der anderen trug er ein silbernes Schwert. Auf den Rücken hatte er sich sechs lange Speere gebunden. Einige Dutzend Schaulustige, vor allem Kinder, hatten ihn umringt.

„Wer ist das?", fragte Luisa.

„Er ist gekleidet, wie die alten Quellen den Hohenpriester des Swantevit schildern", erklärte ich. „Er vollzieht das Orakel. Das sehen wir uns an."

Während wir von unserem Aussichtspunkt hinunterstiegen, steckte der selbst erkorene Swantevit-Priester zwei von den Speeren kreuzweise zueinander in die Erde. Dann nahm er die nächsten zwei und stellte sie in etwa zehn Schritten Entfernung in gleicher Weise auf, ebenso das dritte Paar.

„Seht nun das Orakel des Swantevit!“, rief er laut, als wir uns durch die Schaulustigen drängelten. Er sprach ein kurzes, unverständliches Gebet und führte dann das Pferd zu den gekreuzten Speeren.

„Wenn es mit dem linken Fuß zuerst drübersteigt, ist das ein ungünstiges Zeichen“, flüsterte ich Luisa zu.

„Für was?“, fragte sie.

„Keine Ahnung!“, erwiderte ich. „Wart’s ab.“

Der Schimmel beäugte die Speere und konnte sich nicht entscheiden. Der Priester musste ihm gut zureden, über die Kreuze zu steigen, die die Speere etwa dreißig Zentimeter über dem Boden bildeten. Schließlich nahm der Schimmel alle drei Hindernisse mit dem rechten Bein zuerst.

Jetzt wurde es spannend, der Priester musste uns verraten, was das Orakel entschieden hat.

„Das heilige weiße Pferd hat gesprochen“, hob er mit lauter Stimme an. „Swantevits Tempelstadt ist entweiht von eurer Geschäftemacherei …“

Nun übertreibt er aber, dachte ich, schließlich hatte Swantevit auch keine Bedenken, die Besucher der Tempelburg abzuzocken. Ob Handel, Seeraub oder Fischfang, Swantevit hielt für alles die Hand auf, und das reichlich.

„… aber Swantevit ist gnädig“, fuhr der Priester fort. „Segen und Wohlergehen solle allen widerfahren, die der alten Heiligkeit dieses Ortes mit Achtung und Respekt begegnen …“

Ein sehr realistischer Orakelspruch – historisch gesehen. Konkrete Vorhersagen dürfte sich auch der echte Swantie-Priester verkniffen haben. Es ging um Macht, und die ist leichter zu verteidigen, wenn sie nebulös bleibt.

„… kniet nieder vor Swantevit und bezeugt ihm die Ehre!“, forderte der Priester.

Kopfschüttelnd wandten sich die Zuschauer ab, einige lachten verächtlich, dann das große Erstaunen: Es kniete tatsächlich jemand vor dem Priester, es war Luisa. Der falsche Priester war sichtlich überrascht. Ich sah ihm in die Augen und war fast sicher, es war der gleiche Mann, der in Sellin als Malte aufgetreten war.

„Hoher Priester des Swantevit, wollt Ihr mir eine Frage an das Orakel gestatten“, sagte Luisa feierlich. – Es war der falsche Malte. Er hatte Luisa wiedererkannt und unterdrückte mühsam ein Schmunzeln. Er kannte ihre Frage. „Wollt Ihr mir sagen, wo ich meinen Freund David Friedmann finde?“, sagte Luisa.

Der Priester sah sinnierend in den Himmel und sagte: „Die Antwort findest du auf einem Friedhof.“

Ich schlug die Hände über dem Kopf zusammen. Wenn er Luisa loswerden wollte, hätte er sich – mir zuliebe – etwas anderes ausdenken sollen.

Verstört erhob sich Luisa und entfernte sich von dem Priester, ohne den Blick von ihm zu lassen.

Der Priester nahm das heilige Pferd und die Speere und ging erhabenen Schrittes zum Ausgang. Immerhin bekam er für seinen Abgang Applaus.

Luisa war sehr still, als wir zu unserem Quartier zurückfuhren. Sollte sie die Antwort des falschen Priesters ernst genommen haben? Ich fragte sie danach.

„Quatsch!“, antwortete sie und schwieg wieder. Es rumorte etwas in ihr, obwohl es Unsinn war, dem Priester Glauben zu schenken.

Als wir auf unserem Reiterhof eintrafen, verzog sich Luisa sofort in ihr Zimmer.

Mr. Wallace und mich gelüstete es nach Ablenkung. Es waren neue Reitgäste angekommen, Anfänger. Andrea gab ihnen die erste Reitstunde.

Reiten hat sich zu einer Trendsportart entwickelt, das zieht auch Modesportjunkies an, die sich nach Rollerblades, Nordic-Walking-Stecken und Mountainbikes nun auf die Pferde stürzen.

Jasmin und Cosma waren zwei grazile, süße Plappermäulchen, die in den In-und-chic-Kneipen Münchens zu Hause waren.

Sie suchten einen neuen ultimativen Urlaubskick. Lifestyle-Urlaub an der Côte d'Azur hatten sie schon, einen Segeltörn in der Karibik leistete sich inzwischen Hinz und Kunz und Helikopterskiing am Montblanc war ihnen zu bewegungsintensiv. Also landeten sie beim rustikalen Reiturlaub auf Rügen.

Andrea hatte für solche Fälle Pferde mit einer stoischen Ruhe, denen es egal war, aus welchem Grund sie die Menschen durch die Landschaft trugen. Flocke, ein pfiffiger Knabstrupper, war so ein Pferd. Er hörte aufmerksam zu, als Jasmin ihn mit einem zuckersüßen Lächeln anbettelte: „Bitte tu mir nichts, dann tu ich dir auch nichts." Hätte sie genau hingesehen, wäre ihr aufgefallen, dass Flocke nur Bahnhof verstand.

Andrea half Jasmin auf den Pferderücken, auf dem sie nur einen Voltigiergurt zum Festhalten hatte. Flockes dickes Hinterteil erwies sich allerdings als gemeiner Saboteur, denn Jasmins rechtes Bein wollte nicht so locker darüber hinwegschwingen wie bei anderen Reitern. So lag sie plötzlich – immerhin einigermaßen elegant – bäuchlings auf Flockes Rücken. Sie jammerte und klammerte sich fest, Andrea schob und stützte, Jasmin ächzte und lachte und irgendwie gelang es ihr, eine passable Reithaltung einzunehmen. Andrea ließ Flocke losmarschieren und Jasmin rief verzückt: „Totaler Wahnsinn, ich reite!"

Ermutigt durch Jasmins Begeisterung, ließ Andrea das Pferd antraben. Ich kannte Flocke, er hatte einen sehr ausladenden Trab. Jasmin taumelte auf dem Pferderücken wie ein Brummkreisel mal nach vorne, mal nach hinten und dann wieder links herum und schrie. Blanke Panik zeichnete ihr Gesicht – da war er, der ultimative Urlaubskick.

Ihre Hilfeschreie hallten über den Gutshof, doch Andrea blieb unerbittlich. „Du bist zu steif in der Hüfte! Beweg dein Becken. Das ist wie bei einem Quickie!", rief sie Jasmin zu.

Den Vergleich mit dem schnellen Sex verstand Jasmin auf Anhieb, jedenfalls saß sie nun besser auf dem Pferd und ließ ihr Becken locker mit Flockes Bewegung mitschwingen. Sinnliches Entzücken legte sich über ihr Gesicht und ein Schwall undefinierbarer Laute der Begeisterung quoll aus ihrem Mund. Sie wagte es sogar, für einen Augenblick den Voltigiergurt loszulassen.

Doch Flocke holte sie in die harte Reiterwirklichkeit zurück. Er machte einen kleinen Hopser, Jasmin schrie auf, fiel in sich zusammen und krallte sich mit Händen und Beinen am Pferd fest. Dem plötzlichen Schenkeldruck folgend, galoppierte Flocke an, was an sich nicht so schlimm gewesen wäre, aber Jasmin war in einer gegenläufigen Bewegung und krachte Flocke in den Rücken.

Das tat weh, Flocke tat der Rücken weh, Andrea und mir tat es im Herzen weh, aber am meisten jaulte Jasmin, ihr tat das Steißbein weh. Kreidebleich saß sie auf dem Pferd, das Andrea sofort zum Stehen brachte.

Wie eine gichtige Alte ließ sich Jasmin von Flockes Rücken gleiten und sah ihn beleidigt an: „Du bist ja so was von hinterhältig."

Flocke war sich keiner Schuld bewusst und erwartete neugierig, wie Cosma sich anstellen würde. Sie versuchte es mit einem verführerischen Augenaufschlag und einem Küsschen auf die Nase – ein Mittel, das bei anderen Männern zweifellos die gewünschte Wirkung erzielt hätte –, Flocke beeindruckte es nicht. Geziertes Getue und fröhliches Geplapper gibt es in der Pferdesprache nicht. Demzufolge verstehen die Pferde auch nichts davon, und sie sind gänzlich unempfänglich für Menschen, die mehr scheinen, als sie sind.

Der Abend klang weniger amüsant aus: Ich musste mir zwei Stunden anhören, wie Jasmin und Cosma ihre lädierten „Pöchen" pflegten.

26 Friedhöfe und ein Ausflug zu den Poken

Luisa wälzte sich in der Nacht von einer Seite auf die andere. Erst als es langsam hell wurde, stieß sie einen Seufzer aus, so, als ob sie die Lösung ihres Problems gefunden hatte, und schlief ein.

„Wir müssen Davids Grab finden", eröffnete sie mir am nächsten Morgen.

Das war im wahrsten Sinne des Wortes der Tod für unseren Urlaub.

„Du sagtest gestern, es sei Unsinn, den falschen Priester ernst zu nehmen?", entgegnete ich.

„Der Priester hat damit nichts zu tun", antwortete Luisa. „Mir ist lediglich bewusst geworden, dass David auch tot sein könnte. Ich habe nie daran gedacht, aber es wäre möglich."

Ich sah Luisa forschend an. Glaubte sie wirklich, was sie sagte? Sie hielt meinem Blick eisern stand. Ich lächelte süffisant, doch ihre Miene blieb ernst. Sie ließ sich nicht in die Karten schauen, was sie bezweckte, welcher ihrer undurchdringbaren Intuitionen sie damit folgte.

„Gib mir bitte einen kleinen Wink, dass du nicht den Verstand verloren hast", sagte ich. – Treffer: Luisa lächelte. „Die Friedhöfe sind ein schwacher Anhaltspunkt, aber sie sind ein Anhaltspunkt", antwortete sie.

„Und Davids Bilder?", fragte ich.

„Die arbeiten wir nebenbei ab."

Unsere Gräbertour über die Insel hatte auch ihre schönen Seiten, denn Rügen verfügt über sehr alte Friedhöfe und noch ältere Backsteinkirchen. In ihnen spürten wir etwas vom rauen Leben auf der Insel in der Vorbäderzeit.

Die Kirchen erinnern an Trutzburgen. Schlicht und ohne großen Zierrat, aus roten Backsteinen gemauert, manchmal mit einem hölzernen Turm, stehen sie da, als könnten sie alleine Unwetter und Sturmflut trotzen. So wie die Kirche in Zirkow. Wir setzten uns in die erste Bankreihe und betrachteten die karge Ausstattung. Ein bunt bemalter, ein wenig kitschiger Engel schwebte über dem steinernen Taufbecken und ein einfacher Holzaltar schmückte die Apsis. Die Wände waren kahl, nur ein rötliches Ornament zierte die Bögen.

„Mir ist in der Messe immer schlecht geworden", flüsterte Luisa.

„Wieso? War der Pfarrer so grauenvoll?", fragte ich.

Luisa kicherte leise. „Nein, mir ist vom Weihrauch schlecht geworden. Spätestens nach der Hälfte der Messe wurde ich kalkweiß und Schwester Mathilde schickte mich vor die Tür. David saß immer in der letzten Bankreihe und wartete schon darauf. Wir schlichen nach draußen und setzten uns auf die Steinstufen am Eingang."

Ich nahm Luisa an der Hand und führte sie zum Ausgang. Das kleine Kirchentor war ebenerdig, es gab keine Stufen, auf die wir uns setzen konnten, aber neben dem Eingang stand eine wettergegerbte Bank.

„Ich erinnere mich an einen verregneten Novembertag", erzählte Luisa. „Wir saßen auf unseren Kirchenstufen und froren. David hielt seinen Regenschirm über uns und wir drückten uns eng aneinander. Ich war sehr traurig, eigentlich sollte ich das Wochenende auf der ‚Heimat' verbringen. Aber unser Schiff hatte einen Maschinenschaden, meine Eltern saßen in Duisburg fest. Es war Unsinn, aber ich dachte, meine Eltern wollten mich nicht mehr. ‚Dann kommst du zu uns', sagte David. ‚Wir stellen für dich ein Bett in meinem Zimmer auf und du bekommst eine eigene Frühstückstasse, dann gehörst du zur Familie.'

‚Ich dachte, dein Zimmer ist voll mit Spielsachen', erwiderte ich ihm und er antwortete: ‚Die verschenken wir an andere Kinder.' Ich glaube, ich habe David ziemlich lange ungläubig angestarrt. Es schien mir ungeheuerlich, dass er seine Spielsachen verschenken würde, damit ich bei ihm wohnen könnte, dass ich ihm so viel wert war. Ich stellte mir vor, wie ich mit David in seiner Familie leben würde, und war plötzlich angekommen, am anderen Ufer des Flusses."

Luisa schwieg und sah in den Himmel. Ich nahm Davids Mappe und blätterte in den Zeichnungen. Da war doch, dachte ich, ja hier ist es. Ich reichte Luisa ein Blatt. Es zeigte eine Kirche und eine Bank davor, auf der zwei Kinder saßen.

Von den alten Friedhöfen, meist aus dem 19. Jahrhundert, sind die hohen Bäume, eine Wiese und die schlichten Stein- oder Bronzekreuze geblieben. Die Namen auf ihnen sind meist verwittert, nur ein stummer Stein erinnert daran, wie hier vor einem Jahrhundert eine Witwe, Mutter oder Tochter um einen Angehörigen geweint hat. Die grauen Stelen sehen trostlos aus, wie sie in einer Reihe im Schatten der Bäume stehen. Manche windschief, sprechen sie die Sprache einfacher Armut.

Auf einem Friedhof im Süden der Insel entdeckte ich eine Reihe von Bronzekreuzen, auf denen Namen, Geburts- und Sterbejahr noch zu lesen waren. Innerhalb weniger Jahre starben vier Mitglieder einer Familie, darunter ein 19-jähriges Mädchen. Woran mag sie gestorben sein? Wie hat sie gelebt? Von was hat sie geträumt? Der Name auf dem hundertdreißig Jahre alten Grabkreuz, Elisabeth Sladevitz, verleitete mich, von der alten Zeit zu fantasieren.

Vielleicht war Elisabeth die Tochter eines Fischerbauern. Ihr Großvater hatte den Hof in Erbpacht vom Fürsten von Putbus erworben und ihr Vater kaufte ihn später gegen eine geringe Ablösesumme. Sie gehörten damit zu den wenigen Bauern, die nach der Aufhebung der Leibeigenschaft eigenes Hab und Gut erlangten, mit der Unterstützung des Fürsten. Die kleine Hofstelle lag, nicht weit von Lancken-Granitz entfernt, in einer Senke, umgeben von hohen, windschiefen Weiden. Ein paar Hektar Weideland gehörten dazu, wo die Sladevitz' Kühe, Schafe und zwei Pferde weideten. Eine kleine Schweinekoppel befand sich hinter dem Stall. Ein Stück entfernt vom Hof hatte Bauer Sladevitz ein Tagwerk fruchtbares Ackerland. Ohne den Fischfang hätte es aber für die Familie nicht gereicht. Wie andere Kleinbauern sicherte sich

Elisabeths Vater Fischereirechte, die sich der Fürst gut bezahlen ließ.

Einmal in der Woche, zur Heringszeit auch öfter, fuhr Bauer Sladevitz mit seinem Einspänner nach Moritzdorf, wo sein Fischerboot lag. So fuhr er auch an einem grauen Oktobertag des Jahres 1870. Seine Frau hatte ihn gedrängt, es sein zu lassen, aber der Fürst erwartete eine Lieferung verschiedener Fische, weil er am Sonnabend ein Fest geben wollte.

Bauer Sladevitz schlug sich den Kragen hoch und zog seinen Südwester tief ins Gesicht. Der Wind blies scharf aus West und trieb dichte Regenschwaden über das Mönchgut. Karg und eintönig sah die nahezu baumlose Landschaft um diese Jahreszeit aus. Gleichmütig trabte Ute, das pommersche Kaltblut, über die Sandwege, in denen die Wagenräder tief einsanken. Ein paar Kilometer noch, dann durfte sie im Stall bei einem Freund des Bauern ausruhen und an der letzten Heuernte des Sommers knabbern.

Als Bauer Sladevitz in Moritzdorf ankam, versorgte er seine Ute und hielt einen Tratsch mit seinem Freund. Der warnte ihn: „Der Wind schlägt heut noch um. Gib bloß Acht!“

Dann machte Sladevitz sein Boot und die Netze klar und hisste sein Segel. In der windgeschützten Baaber Rinne rollten die Wellen nur leicht gegen das wogende Schilf. Doch kaum schob sich der Bug um das Reddevitzer Hövt, schlugen die Wogen höher und sein Boot tanzte auf den Wellenkämmen wie eine Nussschale.

Obwohl Bauer Sladevitz das Ruder kaum halten konnte, warf er das Netz aus. Da ließ der Wind plötzlich nach. Es war die Ruhe vor dem nächsten Sturm. Der Wind drehte und schwang sich zum Orkan auf. Das Fischerboot taumelte in einer widerlichen Kreuzsee, bei der die neu aufkommende Dünung über die alte hinwegbrach.

Gischtend schlug die graue See über dem Fischer zusammen. Verzweifelt versuchte Sladevitz durch Kreuzundquerfahrt zurück in den Bodden zu steuern und gleichzeitig das Netz wieder einzuholen. Aber es zerriss an einem Felsen und war verloren.

Für einen Augenblick schien der Wind abzuflauen, aber er holte nur Luft. Eine gewaltige Orkanböe riss das Segel in Fetzen und der Mast splitterte. Manövrierunfähig trieb das Boot unaufhaltsam gegen die Felsen vor dem Reddevitzer Hövt und zerschellte.

Die Leiche des Bauern Sladevitz wurde zwei Tage später im Schilf nahe bei Moritzdorf gefunden.

Die Familie trauerte, aber die Arbeit musste weitergehen. Das Vieh fragte nicht nach Tod und Trauer, es wollte versorgt sein, es mussten Vorräte und Holz für den Winter angelegt werden. Die alltägliche Arbeit von Sonnenaufgang bis Sonnenuntergang verlieh der Familie Halt, aber es wollte kein Lachen mehr einkehren.

Ein paar Wochen nach dem Unglück, es war eine eisig kalte Winternacht, starb Oma Sladevitz, an einem gebrochenen Herzen, wie der Leichenbeschauer sagte.

Elisabeths Bruder Jan übernahm das Zepter auf dem Hof, aber auch ihm war kein langes Leben beschieden.

Es geschah am 12. November des Jahres 1872, an diesem Tage verloren mehr als fünfzig Familien auf dem Mönchgut ihr Zuhause. Jan war in ein Dorf in der Nähe von Lobbe gefahren, um ein neues Fischerboot zu erwerben. Er erzielte aber keine Einigung mit dem Verkäufer und wollte es am nächsten Tag noch einmal versuchen. Ein Bauer, den er flüchtig kannte, bot ihm Quartier an.

Es brauste ein ungemütlicher Westwind über das Land. Gegen Mittag des 11. November sprang der Wind plötzlich auf Nordost um, ein schlimmes Vorzeichen.

Als Jan nach dem Abendessen mit seinem Gastgeber beisammen saß und Neuigkeiten austauschte, stürzte plötzlich ein Nachbar zur Tür herein und rief: „Sturmflod, dat Water kömmt!"

Die Männer sprangen auf, zogen sich die hohen Fischerstiefel und Ölzeug an und holten die Sturmlaternen.

Draußen war es stockfinstere Nacht und Jan konnte sich in dem Orkan kaum aufrecht halten. Überall auf den Wegen sah er die Sturmlaternen und graue Schatten, die aufgeregt hin und her liefen. Die Männer schrien durcheinander, aber kaum einer verstand den anderen, weil das Brausen des Orkans alles übertönte. Unerbittlich drang die See immer tiefer in den Ort ein und der Sturm riss jahrhundertealte Bäume um. Die ersten Bauernhäuser standen unter Wasser und einige Ställe hatte die Flut schon weggerissen. Männer, Frauen und Kinder, alle fassten mit an, um Hausrat und Vieh vor den Fluten zu retten. Ohne nachzudenken, schloss sich Jan ein paar Männern an, die einen Bauernhof evakuierten. Das eiskalte Wasser stand schon in der Stube. Die Bäuerin und die Kinder schleppten Bettzeug und Geschirr, die wenigen Wertsachen, die sie besaßen, warfen sie hastig in einen Sack. Jan ging mit dem Bauern in die Vorratskammer, griff sich zwei Kartoffelsäcke und watete damit durch das Wasser über den Hof, einem erhöhten Platz zu. Plötzlich krachte es neben ihm, er sah die alte Linde fallen und sprang zur Seite, aber es war zu spät. Der Stamm des Baumes quetschte seinen Fuß ein. Er lag im Wasser und konnte sich nicht befreien. Er schrie vor Schmerz und Angst, denn mit jeder Welle, die das Meer ins Land drückte, stieg das Wasser. Der Bauer eilte herbei und schickte seine Tochter, Männer mit Sägen und Äxten zu holen. Jan stand das Wasser schon bis zur Schulter. Doch so sehr sich die Männer mühten, den Baum zu bewegen, er rührte sich nicht. Der Bauer holte einen Ochsen zurück, der schon im Trockenen stand, und schirrte ihn an, doch auch er vermochte es nicht, den Lindenbaum, der sich mit seiner Krone verkeilt hatte, beiseite zu ziehen. Eine mächtige Welle überflutete den Hof und Jans Kopf versank in ihr.

Als Freunde und Nachbarn Jans Leichnam in der Stube aufbahrten, hatten Elisabeth und ihre Mutter keine Tränen mehr. Zwar hatte der Sturm an ihrem Hab und Gut nur leichte Schäden angerichtet, aber zu groß war das Unglück in den vergangenen Jahren. Wenn sie den Hof halten wollte, musste Elisabeth, die alleinige Erbin war, so bald als möglich heiraten.

Nach altem Brauch durfte sie ihren Gatten selbst auswählen.

Elisabeths Augen glänzten bei dem Gedanken. Sie dachte seit dem Sommer immerzu an ihren Christian. Er war Knecht beim Bauern Kolbe. Im Frühling waren sie sich auf dem Markt von Sellin begegnet. Er hatte sie angelächelt und ihr, einem plötzlichen Einfall folgend, eine rote Nelke geschenkt. Danach sahen sie sich gelegentlich bei der Heuernte, denn ihre Wiesen grenzten an die des Bauern Kolbe. An einem heißen Sonntagnachmittag fing Christian sie ab, als sie in der Granitz Beeren pflückte. Sie spazierten zu einem kleinen See, setzten sich ans Ufer und plauderten. Christian war feinsinnig, lebensfroh und charmant. Zum Abschied küsste er sie zärtlich auf die Lippen.

Natürlich war die Liaison ein Geheimnis, denn es war nicht möglich, dass sie als Bauerntochter einen Knecht heiratete. Das hätte weder ihr Vater noch ihr älterer Bruder zugelassen. Aber nun war sie die alleinige Erbin und frei in ihrer Entscheidung.

Bald hängte sie die blaue Schürze vor die Tür. Sie war das althergebrachte Zeichen, dass sie geneigt war zu heiraten. Die Burschen zogen, einer nach dem andern, daran vorbei und natürlich hatte Elisabeth auch ihrem „Krischan" eine Nachricht zukommen lassen. Nach altem Brauch wollte Elisabeth hinter der Tür stehen, bis Christian kam, um dann hinauszustürzen und ihm um den Hals zu fallen. Aber es kam anders. Am Abend jenes Tages, an dem ihre blaue Schürze an der Tür hing, notierte Elisabeth, die von ihrem Vater ein wenig schreiben gelernt hatte, in ihr Poesiealbum:

„Min blage Schört hängt vor dei Dör,
min Mudder steht dorbi,
veel Burschen in den Sündagsblitz
Gähn bi dei Schört vörbi.
Arm Krischan sagg ick trurig gähn,
ach, dörft ich rut in Hast
dei Arm um minen Leiwsten slahn –
min Mudder holt mi fast!
De rike Michel stolzt heran,

min Mudder stödd mi rut,
dat Hart so weih, in'n Og dei
un ick bün Michels Brut

Meine blaue Schürze hängt vor der Tür,
meine Mutter steht dabei,
viele Burschen im Sonntagsstaat
gehen bei der Schürze vorbei.
Den armen Christian sah ich traurig gehen
ach, dürft ich raus in Hast,
die Arme um meinen Liebsten schlingen –
meine Mutter hält mich fest.
Der reiche Michel stolzt heran,
meine Mutter stößt mich raus,
das Herz so weh in deinen Augen,
und ich bin Michels Braut."[27]

Einen Monat später heiratete Elisabeth nach alten Riten. Eine Woche vor der Trauung zog der Hochzeitsbitter, geschmückt mit bunten Bändern und Blumen, durch die Dörfer und lud die Gäste persönlich ein.

Elisabeth entschloss sich, in der alten Hochzeitstracht zu heiraten. Sie schmückte ihre hohe schwarze Haube mit bunten Glasperlen und Blumen. Das Hochzeitsgewand war ungemütlich. Die Sitte gebot es, dass sie alle Röcke, die sie besaß, übereinanderzog.

Die Festgesellschaft feierte lautstark schon die Fahrt zur Kirche. Elisabeth lächelte während der Trauung nur schwach. Sie dachte an ihren Christian, der mit versteinerter Miene der Zeremonie beiwohnte. Ein paar Tage zuvor war es Elisabeth gelungen, ihm Nachricht zu geben, warum nicht er ihr Bräutigam wurde. Das hatte ihn ein wenig versöhnt, und nun litt er mit Elisabeth, die ebenso unglücklich war wie er.

Für das Festessen hatten die Familien auf Elisabeths Hof eine lange Tafel aufgebaut. Es gab Reis mit Pflaumen und Schweinebraten, aber Elisabeth brachte kaum einen Bissen herunter.

Nach dem Essen wurde getanzt und noch vor Mitternacht kam der Höhepunkt des Festes. Die Hochzeitsgesellschaft bildete einen Kreis um Elisabeth. Während die Musik weiterspielte, erwarteten der Bräutigam und die Gäste, dass Elisabeth nun ihre Röcke fallen ließ, bis sie nur noch einen anhatte. Damit sollte sie zeigen, welche Aussteuer sie in die Ehe mitbrachte. Die ersten beiden Röcke fielen und Elisabeth hielt inne. Ihr Michel zog ein enttäuschtes Gesicht. Die drei Röcke, die Elisabeth trug, gewebt aus grobem Stoff, sprachen für Armut.[28]

Michel war ein grobschlächtiger Ehemann. Er behandelte seine Frau lieblos und setzte ihr bisweilen mit Schlägen zu. Elisabeth dachte immerzu an den sanftmütigen Krischan, der die Insel verlassen hatte. Sie wollte nicht mehr essen und verfiel zusehends. Auch ihre Mutter hatte unter ihrem Schwiegersohn zu leiden und bereute zutiefst, was sie getan hatte. Im Herbst stellte sich bei Elisabeth eine Schwangerschaft ein. Doch sie war zu schwach, um das Kind auszutragen. Im vierten Monat erlitt sie eine Fehlgeburt und verblutete.

Ich stand vor Elisabeths Grabkreuz und erwachte allmählich aus meinen Tagträumen. Wer Elisabeth wirklich war und woran sie gestorben ist, werde ich wohl nie erfahren, aber das macht nichts, die Geschichte war nur ein Zeitvertreib, während Luisa Davids Grab suchte.

Auf ihrer Suche nach Friedhöfen scheute Luisa nicht davor zurück, sich in das rügensche „Outback“ zu begeben. Man sollte auf Rügen nicht den Fehler machen, bei jeder Straße, die als Straße in der Karte eingezeichnet ist, auch eine Straße zu erwarten. Am Ende unseres zweiten Friedhöfetages entdeckte Luisa einen kleinen Ort auf einer Landzunge am Rügischen Bodden: Neukamp. Man muss den Ort nicht kennen, bestenfalls Historikern sagt der Name etwas, weil hier am 13. September 1678 unter Kurfürst Friedrich Wilhelm brandenburgische Truppen landeten, um die Schweden aus Rügen zu vertreiben. Der Feldzug war erfolgreich, aber die Schweden holten sich die Insel am Friedensverhandlungstisch zurück.

Wir suchten uns auf der Karte den kürzesten Weg nach Neukamp, im guten Glauben, es werde der schnellste Weg sein. Die Sonne schien klar. Die Insel lag eingetaucht in ein weiches, leicht orangefarbenes Licht, das lange Schatten warf. Der Wind trieb Wolken aufs Meer hinaus, einzelne Regenwolken, im Inneren schwarz, nur den Rand konnte die Sonne durchbrechen und ließ ihn weiß aufleuchten. Kleinere weiße Wolkenhaufen schoben sich vor die höheren Schleierfetzen, es war, als hätte der Wind alle Wolken im Land zusammengekehrt, die er finden konnte.

Wir fuhren über Garz Richtung Putbus. Die Sonne zauberte ein betörendes Licht- und Schattenspiel in die Alleen, die unseren Weg säumten. Sie ließ einzelne Blätter in einem satten Grün erstrahlen. Wie Lichtpunkte leuchteten sie auf dem Dunkelgrün des im Schatten liegenden Geästs. Kilometerlange Lindenalleen verschränkten ihre Äste über der Straße und bildeten ein dichtes, gewölbtes Dach.

Das Licht- und Schattenspiel verleitete die Gedanken, sich zu zerstreuen, es verleitete, langsamer zu werden. Man mochte schauen und stundenlang durch die Alleen schlendern – man darf aber nicht. Ein Hamburger Cabriofahrer signalisierte uns durch kräftiges Hupen: Hier wird nicht geschlendert!

In Kasnevitz schlug Luisa eine Abkürzung ein und wir landeten auf einer Sandpiste mit kraterähnlichen Löchern. Während Luisa sich mühte, ihren alten Passat ohne Achsbruch an den Kratern vorbeizuschummeln, genoss ich den Ausblick auf die goldenen Kornfelder, die sanften Hügel mit kleinen Wäldchen und auf moorige Senken, in denen gefiederte Schilfbüschel wogten.

Schließlich erreichten wir einen Plattenweg, fuhren an einer idyllisch gelegenen Ferienhaussiedlung vorbei und landeten auf dem Parkplatz eines Fischrestaurants.

Während Luisa sich nach einem Friedhof umsah, ging ich zu der kleinen, von Schilf eingerahmten Bucht. Auf der anderen Seite des Meerbusens lag das steile, sandige Ufer von Wreechen und gegenüber sah ich die Insel Vilm im weichen Licht der Abendsonne liegen.

Der letzte große Holzeinschlag auf Vilm wurde im Jahre 1527 vorgenommen. Seitdem blieb die knapp vierundneunzig Hektar große Insel der Natur überlassen. Auf der Vilm finden die Urlauber ein Naturerlebnis wie aus einer anderen Zeit. Alte, märchenhafte Wälder stehen dort, riesige Buchen, bizarre Eichen, umgeben von Schlehdorn, Weißdorn, Wildbirne, Holzapfel und lianenartigen Pflanzen, die sich um die knorrigen Äste winden. Dreihundert Farn- und Blütenpflanzen dürfen sich hier ungestört ausbreiten. Rund um die Insel tummeln sich Kormorane, Graureiher oder Seeadler und der Wald ist Brutstätte für vielerlei Singvögel und Käuze.

Leichte Wellen rollten vom Rügischen Bodden in die Bucht. Ich genoss die friedliche Ruhe über dem Meerbusen und das glitzernde Spiel aus Licht und Wasser. Eine Ente pickte im angeschwemmten Seegras, eine Möwe kreiste in der Nähe des Ufers auf der Suche nach Beute, jeder hatte hier seinen Platz, an dem er leben konnte. Das Leben ist so einfach.

Luisa riss mich aus meinen Gedanken: „Hier gibt es keinen Friedhof, wir fahren weiter.“

„Komm, setz dich zu mir“, antwortete ich.

Unwillig sah Luisa mich an, ließ sich aber trotzdem im Sand nieder. Ich reichte ihr ein Bild aus Davids Mappe. Es zeigte eine Bucht und eine kleine Insel. Jetzt lächelte sie. Wohl mehr als eine halbe Stunde sahen wir schweigend auf das Wasser, bis Luisa murmelte: „Das Leben könnte so einfach sein.“

„Könnte?“, fragte ich.

Sie überlegte einen Augenblick: „Du hast recht, das Leben ist so einfach.“ Sie sah mich lange an und sagte: „Danke!“

Davids Zeichnungen hielten Luisa aber nicht davon ab, Friedhöfe abzusuchen. Unsere Tour führte uns in abgelegene Landschaften und Orte der Insel. Als Beifahrer genoss ich die Ausblicke über die ausgedehnten, bunt blühenden Streuwiesen, die sich über die Hügel breiteten, durchbrochen von kleinen Wäldchen und Feldhecken. Gelegentlich sah ich einen alten Bauernhof, der sich, eingerahmt von hohen Bäumen, in eine Senke schmiegte, umgeben von grünen Wiesen, auf denen Kühe oder Pferde weideten. Hin und wieder machten wir einen kleinen Spaziergang, auf der Insel Ummanz oder in den Banzelvitzer Bergen am großen Jasmunder Bodden. Dort fanden wir stille, vom Tourismus vergessene Pfade. Auf Ummanz schlenderten wir über den Deich, auf der einen Seite der Schaproder Bodden, auf der anderen die Salzwiesen, auf denen Kühe grasten.

Meist säumten Alleen die Straßen. Je nach Baumart hatten sie ihren eigenen Charakter. Hohe, stämmige Buchen bildeten einen Säulengang, der an gotische Kirchen erinnerte, während Eichen und Linden zu einem grünen Tunnel verwuchsen. Die hohen, schlanken Birken an der Straße zwischen Binz und Serams standen dagegen für sich und manchmal begleitete uns auch nur eine lange Hecke aus Vogelbeerbüschen.

Wie schön musste es sein, die Alleen ungestört zu Fuß, per Fahrrad oder zu Pferd zu genießen.

Bisweilen zwingt der Zustand der Straßen die Autofahrer, sich Zeit zu lassen. Im übrigen Deutschland reden sich Stadträte die Köpfe heiß, welche Schikanen sie in die Straße bauen könnten, um die Geschwindigkeit am Ortseingang zu reduzieren. Auf Rügen lösen manche Orte das ganz einfach: Sie machen nichts!

Ein Paradebeispiel ist Vilmnitz. Bekannt ist der Ort für seinen alten Friedhof und seine Kirche, dort liegt die Gruft für die Verblichenen des Hauses Putbus.

Nichts ahnend fuhren wir von Putbus kommend in den Ort, da machte es plötzlich – rums, und die Räder krachten von der Teerstraße auf ein Katzenkopfpflaster, das zum einen durch die großen Steine und zum anderen durch den Mangel an Verfugung der Steine beeindruckte. Als wir den ersten Schock überwunden hatten und ich mich davon überzeugt hatte, dass wir nicht versehentlich in eine offene Baustelle gefahren waren, konzentrierte sich Luisa darauf, die rund zehn Zentimeter tiefen Löcher in der Straße mit reaktionsschnellen Lenkbewegungen zu umfahren. Das wiederum wurde nicht selten vom Gegenverkehr vereitelt. Der Höhepunkt der Rallye lag kurz vor dem Ortsausgang. Das Kopfsteinpflaster – das für heutige Straßenverhältnisse zu schmal war – hing wie ein nasser Sack über einer Tonne. Wenigstens hatte das Bankett etwa die gleiche Höhe wie die Straßenmitte, sodass wir die Teerstraße am Ortsausgang einigermaßen sicher erreichten, indem Luisa mit den beiden rechten Rädern über das Bankett und den linken über den Scheitelpunkt des Kopfsteinpflasterhügels balancierte. Wer hier schneller als Schritttempo fährt, dürfte kaum eine Chance haben, Vilmnitz mit intaktem Stoßdämpfer, Unterboden und Auspuff wieder zu verlassen.

Obwohl ich von den Seebädern genug gesehen hatte, entschlossen wir uns, in Binz einen Stadtbummel zu machen.

Etwas über die Geschichte der Seebäder auf Rügen zu sagen, ist im Grunde langweilig. Ob sie Binz, Sellin, Göhren, Thiessow, Baabe oder sonst wie heißen, sie beginnt immer mit dem gleichen Satz: „Kaum vorstellbar, dass dieser Ort jahrhundertelang ein verschlafenes Fischer- und Bauerndorf war.“ Ebenso wie Sellin wurde Binz fast sechshundert Jahre von den Geschichtsschreibern übersehen.

Wie Heinrich Laube bereits bemerkte, beklagten die Putbuser Badegäste den flauen Wellengang am Rügischen Bodden. Fürst Malte reagierte und ließ am offenen Strand der Prorer Wiek Badebrücken bauen und stellte den Badegästen Personal, Schilfhütten und Badekarren zur Verfügung.

Um 1860 logierten die ersten Gäste im „Dorfkrug“. Ab 1888 witterten Berliner Bankiers das große Geschäft mit dem Bädertourismus und gründeten die „Aktiengesellschaft Ostseebad Binz“. Mit Aktien ist schnelles Geld verdient und genauso schnell wieder vernichtet. Die Binz-AG baute

Luxushotels, Pensionen und ein stattliches Kurhaus – und war nach dreizehn Jahren bankrott.

Binz hat das nicht geschadet, im Gegenteil, der Ausbau zum Luxuskurort ging weiter. Finanzstarke Bauherren entdeckten das Ostseebad. Sie schmückten ihre verspielten Sommerhäuser mit ornamentreichen Fassaden, Holzschnitzereien, Erkern, Türmchen und Ziergiebeln und verliehen damit dem Ort einen Hauch von Sorrent. Im Zweiten Weltkrieg war es mit der Badeherrlichkeit vorbei, die schönen Sommervillen wurden für Kriegsverletzte und ausgebombte Familien gebraucht. Nach dem Krieg übernahm die Sowjetisch-Deutsche Aktiengesellschaft Wismut den Badeort und in den 70er-Jahren quartierte sich peu à peu der Freie Deutsche Gewerkschaftsbund ein und erklärte Binz zum „Arbeiterseebad".

Die feudalen Villen passten sich den neuen Verhältnissen an und gestatteten sich, zu verfallen. Nach der Wende kümmerten sich Investoren und große Hotelketten um die röchelnde Bausubstanz und stellten den alten Glanz wieder her. Die Villen dürfen nun wieder feudal sein und die Geldgeber und Spekulanten dürfen, wie vor hundertzwanzig Jahren, wieder vom Luxuskurort träumen.

Wir ließen uns mit dem Strom der Urlauber über die Strandpromenade treiben, die alten Villen und Restaurants auf der einen Seite, das Meer auf der anderen. Fliegende Bauchladenhändler bequasselten uns, sie suchten Leute mit Humor – den brauchte man auch, um ihren Ramsch zu kaufen. Ein paar stehende Händler verscherbelten Kitsch und Kunst, Postkarten und Silberschmuck, oder reizende Namenszüge, die in drei Minuten aus Silberdraht zusammengepfriemelt wurden.

Es wurde flaniert und diniert, aufgetischt und abserviert, kurz, im Gegensatz zu Sellin blubberte hier das Touristenleben. Die hochherrschaftliche Seebadarchitektur schien nebensächlich zu sein. Eine dichte Lindenallee versperrte den Blick auf die alten, sehr schön restaurierten Villen.

Auf der großen Terrasse vor dem Kurhaus verlief sich der Touristenstrom und wir bogen in die Hauptstraße ab. Baulich unterscheidet sie sich auf den ersten Blick kaum von der Selliner Wilhelmstraße und doch war hier etwas anders. Die Menschen flanierten an Boutiquen und Souvenirläden vorbei, an Cafés, Restaurants, Galerien und Parfümerien, und wo man hinblickte, gab es etwas zu schauen – und zu kaufen.

Das ist es, dachte ich. Die Villen in der Wilhelmstraße stehen auf einem Wall und blicken hochherrschaftlich auf die braven Flaneure nieder. Das scheint den Touristen des 21. Jahrhunderts – zumal jenen, die in Unterhosen und offenem Hemd unterwegs sind – nicht zu behagen und sie verdrücken sich lieber.

Keine Frage, für Sellin wäre es lukrativer gewesen, in den Wall, auf dem die Häuser stehen, kleine Geschäfte einzubauen. Denn wo es nichts zu kaufen gibt, gibt es auch nichts zu schauen und wo es nichts zu schauen gibt, da geht man auch nicht hin.

Damit hatte ich genug gesehen und mein Fazit stand fest: Zum Shoppen und Amüsieren fährt man nach Binz, Architekten und Liebhaber der verspielten Leichtigkeit in Weiß fahren nach Sellin und für Naturfreunde, die das Ursprüngliche suchen, gibt es wunderbare Wanderwege, fernab von jeglichen Seebädern.

Nach drei Tagen und fünfundzwanzig Friedhöfen langweilte mich unsere Grab-Odyssee und ich dachte an Meuterei. Sollte ich eine offene Konfrontation mit Luisa riskieren? Die Alternative wäre gewesen, sie auf einen anderen Gedanken zu bringen, aber mir fiel nichts ein.

Ich hatte mich auf Friedhof Nummer sechsundzwanzig unter einer schattigen Kastanie auf einer Bank niedergelassen und rauchte. Mr. Wallace lag zu meinen Füßen und schlief. Ab und zu schaute er kurz auf, gähnte und legte seinen Kopf wieder auf seine Pfoten.

Plötzlich hallte ein markerschütternder, gellender Schrei über den Gottesacker. Luisa!

Ich konnte sie nicht gleich entdecken, Mr. Wallace und ich mussten aber nur dem herzerweichenden Wimmern und Wehklagen nachgehen. Ich habe es immer gewusst, dachte ich, Luisa hat Zigeunerblut in sich.

Tränenüberströmt saß sie vor einem Grab und jammerte.

Ich konnte es kaum glauben:

„Hier ruht in Frieden David Friedmann“, stand auf dem Grabstein.

Unkraut überwucherte das Grab, der Stein war verwittert. Das machte mich stutzig.

„geb. 2. Mai ...

„gest. 5. März ...“, die Jahreszahlen waren nicht zu lesen.

„Stimmt das Geburtsdatum?“, fragte ich.

„Weiß nicht“, antwortete Luisa. „Ich glaube schon. Er hatte im Frühling Geburtstag.“

Sie erhob sich weihevoll und faltete die Hände. „Vater unser im Himmel ...“ Sie stockte, warf mir einen unsicheren Blick zu und sah wieder auf das Grab. „Vater unser im Himmel ...“, begann sie erneut. Wieder sah sie mich mit verzweifelt flehendem Blick an und zuckte verlegen mit den Schultern. „Weiß du, wie es weitergeht?“ Ich musste mir ein Lachen verkneifen, erbarmte mich aber und betete mit ihr ein Vaterunser für David.

„Vielleicht noch einen Rosenkranz?“, sagte Luisa „Sicherheitshalber!“

„Tut mir leid, da muss ich passen“, erwiderte ich.

Luisa seufzte tief, ließ sich zum Grab nieder und fing an, das Unkraut zwischen ein paar gelben und orangenen Ringelblumen auszurupfen. „Ich habe kurz vor dem Ort eine Gärtnerei gesehen. Besorgst du uns ein paar schöne Blumen?“ Luisa flehte mich fast an.

Inszenierte sie ein Schauspiel oder glaubte sie tatsächlich, dass ihr Schulfreund in diesem Grab liegt? Ich wusste es nicht. Bisweilen erinnerte mich Luisa an Don Quixote, der sich ungeachtet der Realität seine eigene Welt des edlen Rittertums schuf. Ich tat ihr den Gefallen, Blumen zu besorgen.

Luisa hatte ganze Arbeit geleistet. Das Grab mit den frischen Blumen sah sehr schön aus. Andächtig standen wir davor.

„Noch ein Vaterunser“, flehte sie.

„Das wird David freuen“, sagte ich mit einem spöttischen Grinsen. Luisa strafte mich mit einem bitterbösen Blick. „Du bist herzlos.“

Plötzlich stand eine ältere Frau neben uns: „Wat macht sie denn da?“

„Sie gibt einem alten Schulfreund das letzte Geleit“, sagte ich.

„Ach wat, der olle Friedmann hat nienich eene Schule von innen gesehen.“

Luisa fuhr herum und schaute sie entgeistert an. „Sie kannten David Friedmann?“

„Dat nu nich, aber min Großvaddern, der hat mir an kalten Winterabenden alltiet von Friedmanns Husarenstücken vertellt. Nu, da wird sich der olle Friedmann mannich eens lachen, dat ne junge Deern nach hundert Johr to sin Grab köömt und dat so fien herrichtet.“

Luisa sah mich an und ich hob feixend die Schultern.

„Sind Sie Verwandte vom Friedmann?“, fragte die Frau.

„Nein“, antwortete ich, „wir suchen jemanden, der auch David Friedmann heißt. Vielleicht sind unser David und dieser David“ – ich zeigte auf das Grab – „ja verwandt.“

„Och, nee, der olle Friedmann hatte keene Kinder, jedenfalls keene offiziellen. Nur sin Bruder, aber der is nu schon als Jung aus dem Hus und hat in Sassnitz auf eenem kleenen Küstensegler angeheuert“, antwortete die Frau. „Da haben Sie sich ja mannich Arbiet mit dem Grab gemacht. Dat ganze Johr denk ick schon, ick müsste mal wenigstens dat Unkraut rausmachen. Und nun haben Sie mir die Arbiet abgenommen. Da möchte ich Sie wohl als Dankeschön up ne Tasse Tee einladen.“

Gerne nahmen wir die Einladung an und folgten der Frau zu einem kleinen Fischerhaus in der Nähe des Bakenberges auf dem Mönchgut.

Im Garten vor dem Haus blühte es in allen Farben des Sommers. Mannshohe Malven mit zartrosa Blüten, gelbe

Sonnenblumen und Gladiolen in Farben von Blau bis Rot standen in einem Teppich orangener Ringelblumen. Rechts des Weges wuchsen Dahlien und Margeriten vor den Stauden des gelben Sonnenhuts. Zwischendrin blühten blaue Kornblumen und roter Klatschmohn. Der Gartenteil zum Haus hin war dem Gemüse vorbehalten: Kartoffeln, Möhren, Stangenbohnen und ein langes Beet mit Zwiebeln, Porree und Kräutern.

Das Haus hatte ein hohes, graues Reetdach, das weit hinunterreichte. Die niedrigen, weiß getünchten Außenmauern standen etwas schief und beulten sich an manchen Stellen aus. Neben der kleinen, blau gestrichenen Holztür saß ein älterer Herr auf einer Bank, schaute gedankenverloren auf den Garten und sog an einer weit geschwungenen Pfeife.

„Wen bringste denn da mit, Frau", sagte er ein wenig unfreundlich.

„Die jungen Lüüt haben dat Grab vom ollen Friedmann hergerichtet."

„Warum dat denn?", fragte der Alte verwundert.

„Nu, sie haben gedacht, er is een Verwandter von ihnen, dat war natürlich een Irrtum. Da hab ick sie up een Tässchen Tee eingeladen."

„Jo, dat is fien", sagte der Alte und erhob sich, um mit ins Haus zu gehen.

Unsere Gastgeber stellten sich als Herr und Frau Jansen vor. Während Frau Jansen in die Küche ging, um den Tee zu kochen, zeigte uns ihr Mann sein bescheidenes Heim.

Wir traten in den Eingangsbereich. Die groben Sandsteinplatten, eichenen Schränke an der Wand, die Garderobe mit einem ausgeblichenen Spiegel zeugten von einem schlichten, herben, aber ordentlichen Leben. Die niedrige Holzdecke, durchzogen mit dicken Querbalken, hatte Herr Jansen weiß übertüncht. „Damit dat een bäten freundlicher utsieht", erklärte er.

Die „Gute Stube" war hell und einladend. Blühende Geranien standen vor den kleinen Fenstern, eingefasst in hellblaue Holzrahmen. In der Ecke stand ein grober, alter Holztisch vor einer Eckbank, an der Seite ein alter Küchenschrank und neben dem großen, grünen Kachelofen ein Lehnstuhl und ein Kanapee, auf dem das Strickzeug von Frau Jansen lag.

Wir gingen durch die Diele in den hinteren Teil des Hauses und traten in einen großen Raum ohne Zwischendecke. Ich besah mir den Dachstuhl und das Reetdach. Herr Jansen bemerkte meinen Blick. „Dat is nu och schon hundertfufzig Johre olt.“ Von dem großen Raum, in dem sich Herr Jansen eine Schreiner- und Holzbildhauerwerkstatt eingerichtet hatte, gingen die Türen zu den anderen Räumlichkeiten weg. Darüber, ringsum, lag der Heuboden, und es roch nach frischem Heu und Stroh.

„Sind Sie Holzbildhauer?“, fragte ich Herrn Jansen.

„Dat och, aber hauptsächlich restauriere ick für Museen alte Holzwerkzeuge oder mache Nachbildungen. Dat is aber nur ne Freizeitbeschäftigung. Nu keek ma erstmal in die Küche.“

In der Küchenecke stand ein alter Holzherd. Die Wand darüber war pechschwarz vor Ruß: „Dat is der olle Rauch aus drei Jahrhunderten, früher hatten die Fischerhäuser noch keenen Kamin. Dat Rookhus, oder Rauchhaus, dat war eene architektonische Seltenheit“, erklärte Herr Jansen. „Der Rauch aus dem offenen Herdfeuer zog durch dat große Dielentor und die kleene Öffnung am Dachfirst – dat Eulenloch – ab.“

Das erinnerte mich an einen Bericht des Oberkonsistorialrates Johann Friedrich Zöllner, der 1795 die Fischerkaten auf Hiddensee beschrieben hat: *„Hierher muß man gehen, wenn man sich einen lebhaften Begriff von der Baukunst in ihrer ersten Kindheit machen will; wenigstens habe ich sonst noch nirgends als hier Häuser aus Torf gesehen. An den meisten sind nur die Eckpfeiler und einige Zwischenpfosten von Holz, das übrige ist von Torf, wie ein Schwalbennest zusammengekleckst. An vielen von diesen Hütten sind alle Arten zu bauen zugleich versucht worden. Ein Teil der Wand ist von Feldsteinen aufgemauert, ein anderer ist Fachwerk, der übrige ist Torf. … Die Küche war dergestalt voll Rauch, daß wir kein Auge darin öffnen* *konnten. Das müsse sein, sagte der Bauer, um Schinken, Fische und Netze zu räuchern.“*[29]

Als wir wieder in der Werkstatt standen, fragte ich: „Wozu haben Sie das frische Heu und Stroh eingelagert?“ Noch bevor Herr Jansen antworten konnte, wieherte ein Pferd hinter einer Tür, die von der Werkstatt abzweigte. Herr Jansen lächelte und öffnete den oberen Teil der Tür. Ein Norddeutsches Kaltblut streckte den Kopf herein und beschnupperte uns. „Dat is Lolle, die bekommt bei uns dat Gnadenbrot.“

Wie vor Urzeiten lebten die Jansens mit ihren Tieren unter einem Dach. Die Tür nach draußen stand immer offen, sodass Lolle nach Belieben auf ihre kleine Koppel gehen konnte. „Im Winter bleibt die Tür zu und ick mach hier uff, denn keekt se mir bei der Arbeit zu“, sagte Herr Jansen mit einem milden Lächeln.

Inzwischen war auch der Tee fertig und wir setzten uns in die Stube.

Wir merkten schnell, dass an Frau Jansen eine Geschichtenerzählerin verloren gegangen war, als sie uns von den Schmugglern in der Napoleonzeit erzählte.

Während im übrigen Deutschland die napoleonische Fremdherrschaft als nationale Schmach empfunden wurde, waren es die Rügener gewohnt, dass jemand anderes das Sagen hatte. Sie wurden seit mehr als sechshundert Jahren von fremden Mächten beherrscht. Nachdem Arkona gefallen und König Tetzlaw zwei Jahre später gestorben war, übernahm sein Bruder, Fürst Jaromar I. – nun getaufter Christ und dänischer Vasall – die Regentschaft. Er stand treu zum Dänenkönig, als die pommerschen Herzöge, die sich um die Beute Rügen betrogen fühlten, mehrere Kriegszüge anzettelten. Jaromar erwies sich als kluger Stratege, er verteidigte die Insel und weitete seine Herrschaft auf Ländereien in Pommern aus.

Aber er brauchte frisches Blut in seiner Bevölkerung. Die Rügener mussten die Seeräuberei aufgeben und sich auf Viehzucht und Ackerbau umstellen. Außerdem waren weite

Landstriche durch die Kriege entvölkert. Die dänischen Edlen und Bauern hatten kein Interesse, sich auf Rügen niederzulassen. Also holte Jaromar deutschstämmige Siedler auf die Insel und so entstand eine deutsch-slawische, von Dänemark beherrschte Bevölkerung.

Nach dem Dreißigjährigen Krieg mussten die Dänen im Westfälischen Frieden Rügen aufgeben. Das schwedische Königshaus nahm die Insel in Besitz und behielt sie, bis Napoleon auf Rügen einmarschierte.

Die Rügener kümmerten sich kaum darum, in wessen Händen der Zankapfel Rügen lag. Sie gingen ihrer Arbeit nach, Landbau, Viehzucht und Fischfang. Mit der napoleonischen Herrschaft kam ein weiterer Erwerbszweig hinzu: der Schmuggel. Die vielen Buchten und Bodden, bewaldeten Ufer und Schilfgürtel der Insel boten den Schmuggleryachten genügend Verstecke, sich zu verbergen. Nachts fuhren sie auf die Ostsee, trafen sich mit englischen Handelsschiffen und nahmen in aller Stille Säcke mit Kaffee, Zucker, Tee und Reis auf, die sie an Land verkauften.

Frau Jansen erzählte uns eine Anekdote, die ich schon einmal bei Franziska Tiburtius, einer Ärztin, die 1843 auf Rügen geboren wurde, gelesen hatte.[30]

„In Gingst vertellen sich die Lüüt von eenem Pastor, der sich am Schmuggel beteiligte“, erklärte Frau Jansen. „Der Pastor versteckte seine Schmugglerware in eener Sofabank im Studierzimmer. An eenem Sonnabend saß er dort und schrieb an seiner Sonntagspredigt, da sah er durch dat Fenster twee französische Offiziere uf den Pfarrhof kommen: Blitzinspektion! Keene Zeit für den armen Pastor, seine Hausangestellten zu warnen. Höflich bat er die beeden Offiziere, akkurat uf dem Sofa mit dem Schmugglergut Platz zu nehmen und versicherte: ‚Sie dürfen sich gerne davon überzeugen, meine Herren, dat weder uf dem Hausboden, noch im Keller, noch in den Nebengebäuden verbotene Ware versteckt ist.‘ Als Pastor durfte er ja nich lügen. Die Offiziere schienen damit denn och zufrieden, aber just in dem Moment kam die ahnungslose Frau Pastor in die Stube mit eenem

Tablett, uf dem eene Kanne duftenden Kaffees stand. Der ältere Offizier sah den Pastor, der sich schon in Ketten liegen sah, scharf an. Mit eenem Blick erfasste die lütte Frau des Pastors die Situation und sagte mit eenem liebreizenden Lächeln: ‚Wollen die Herren sich nach ihrer anstrengenden Aufgabe mit einem Tässchen Kaffee stärken?' Sie wollten, und der Pfarrer kam mit eenem Schrecken davon."

Mit der Zeit litten die Bauern schwer unter der Besatzung. Auf den Wiesen zwischen Lobbe und Groß Zicker hatte eine englisch-hannoveranische Legion ihr Lager aufgeschlagen. Für die Bauern war es gleich, ob Verbündete oder Franzosen, sie mussten, oft ohne Entschädigung, alle Vorräte, Futter und fast alles Vieh für die Soldaten hergeben. Nach dem Frieden von Tilsit fiel Rügen ganz in die Hände Napoleons und er verstärkte seine Armee auf der Insel.

„Die Franzosen wollten immer nur Geflügel, Pasteten und andere Leckereien", erzählte Frau Jansen, „dat gab es ja nich alle Tage. Also tischten die Bauern unsere schönen rügischen Leibgerichte uf. Pfannkuchen mit Speckstern in der Mitte, Plummen un Klüt oder dicke Erbsen mit gebratenem Zwiebelfett. Und wat haben die Soldaten damit gemacht? Sich gegenseitig damit beworfen und dat feine Essen an die Wand geschmiert. Wie dat manchmal dort ussah, ick sage Ihnen, een Schwinestall war sauber dagegen", beteuerte Frau Jansen.

Die Rügener hatten in den Jahrhunderten Schlimmeres erlebt. Im Dreißigjährigen Krieg standen zwischen 1627 und 1631 abwechselnd dänische, schwedische und kaiserliche Truppen auf Rügen. Weil die Bevölkerung die Heerscharen nicht versorgen konnte, wehrten sich die Bauern. Zur Strafe plünderten die Soldaten die Städte Gingst, Trent, Sagard und Garz und brannten sie nieder.

Die Dänen standen mit einer Flotte vor Rügen, Wallenstein schickte fünfzehntausend Mann, die wiederum plünderten, bis selbst für die Soldaten nichts mehr da war. Eine grauenvolle Hungersnot, in der sich Menschen um eine Suppe aus Gras und Baumrinde totschlugen, brach aus. Pest und Ruhr dezimierten die Bevölkerung.

1630 kamen die Schweden und ein kaiserlicher Oberst gab seinen Soldaten den Befehl, die Insel beim Rückzug auszurauben und niederzubrennen.

Im Westfälischen Frieden, der den Dreißigjährigen Krieg beendete, wurde Schweden die Insel zugesprochen. Aber der Frieden für Rügen hielt nicht lange. 1657 landeten im Nordischen Krieg die Dänen wieder auf Rügen und verwüsteten weite Teile des Landes. Den Rest raubten die schwedischen Truppen. Rügen blieb schwedisch. Kaum zwanzig Jahre später ließ sich Schweden von Frankreich in einen Krieg gegen Dänemark und Brandenburg-Preußen hineinziehen. Die Folge: Wieder musste Rügen die Truppen von drei Großmächten versorgen.

1677 rückten die Dänen ein. Der König verbot Plündereien, es gab nichts mehr zu plündern. Ein Jahr später eroberten die Schweden die Insel zurück und die Dänen beschränkten sich auf Überfälle. Das Ziel: zerstören und plündern. Schließlich schlugen die Dänen und Brandenburger zurück. Wieder standen drei große Heere auf Rügen. Nach mehreren Schlachten blieb die Insel bei Schweden. Frankreich wollte es so. Rügen hatte nun eine Zeit lang Ruhe, lediglich Sturmfluten verwüsteten die Küste und 1712 starb ein großer Teil der Bevölkerung an der Pest.

1715 eroberten dänische und brandenburgisch-preußische Truppen die Insel – ohne politische Folgen, sie wurde an Schweden zurückgegeben.

Fast hundert Jahre blieb es friedlich, bis Napoleons Truppen einmarschierten.[31]

Die Rügener verstanden es, trotz wechselnder Herrschaften, sich ein Kleinleben zu schaffen. Vor allem die Mönchguter, die „Poken“, waren Meister darin, sich gegen „Auswärtige“ abzugrenzen.

„Die Poken waren een kräftiger Menschenschlag, und ehrlich, bi uns gab’s keene Schlösser an der Tür und da ist nienich wat weggekommen“, erklärte Frau Jansen. „Bauern und Fischer, die fest an ihren alten Sitten hingen. Wir haben uf unserem Ländchen alltiet autarkisch gelebt. Im Boden gab’s mannich Dünensand, da wuchs nicht mehr, als wir an Ort und Stelle verbrauchten. Uf dem Markt von Stralsund verkoften die Männer een bäten Fisch, sonst besorgten die Poken allet sülben: Wolle und Leinweberei, Schuhmacherarbeit, Hausbau und Ackergerät.“

Jahrhundertelang gehörte das Mönchgut zu den Liegenschaften des Klosters Eldena bei Greifswald und der Geistlichkeit hat das Ländchen auch eines seiner heutigen Wahrzeichen zu verdanken: das Pfarrwitwenhaus.

Wenn ein Pfarrer starb und eine Witwe und Kinder hinterließ, so oblag es der Gemeinde, für den Unterhalt der verwaisten Familie zu sorgen.

„Doch der Bauer zahlt nicht gerne“, erklärte Frau Jansen. „So fand die Sitte des ‚Konservierens‘ Eingang, dat hieß, die Gemeinde wählte eenen ledigen Bewerber, der sich bereit erklärte, die Witwe oder eene etwa vorhandene Tochter zu ehelichen, doch stand das Vorrecht der Witwe zu.“

Wie man sich denken kann, verlief ein derartiges „Geschäft“ nicht immer reibungslos. So berichtet Franziska Tiburtius von einer Anekdote aus der Pfarrchronik eines Mönchguter Dorfes: Eine „recht wohl erhaltene“ Pfarrerswitwe suchte einen neuen Pfarrer. Es meldete sich ein junger Geistlicher von besonderer Stattlichkeit, der bereit war, die Bedingung zu erfüllen. Die Witwe erklärte großmütig, zugunsten ihrer sechzehnjährigen, hübschen Tochter verzichten zu wollen, und so schien das alles in gutem Gang. Aber als der junge Pastor bei der Probepredigt stattlich und fest auf der Kanzel stand, überkam es die Frau. Sie trat vor den Gemeinderat und forderte: „Ick will den Herrn sülben!“ Und so musste das geschehen.[32]

Auf die Dauer war dieses Job- und Heiratsgeschäft nicht haltbar und so entschlossen sich die Einwohner von Groß Zicker 1723 das Pfarrwitwenhaus zu bauen, wo die Hinterbliebenen des Pfarrers wohnen konnten. Bis heute ist das Haus nahezu unverändert erhalten.

So erzählte Frau Jansen Geschichte um Geschichte. Es war Spätnachmittag, als wir endlich aufbrachen. Frau Jansen empfahl uns, eine kleine Wanderung auf den Bakenberg zu machen.

Als wir uns verabschiedeten, fragte Luisa unsere Gastgeberin: „Sie sagten, David Friedmann hätte einen Bruder gehabt, der nach Sassnitz gegangen ist?"

„Jo, aber ich weiß nich, ob da noch Verwandte da sind, da müssen Sie sich mol bei den alten Fischern umhorchen, ob da eener den Friedmann noch gekannt hat."

Luisa war zufrieden, sie hatte mit ihrer Friedhofstour erreicht, was sie wollte. Das war der erste konkrete Hinweis auf Davids Familie. Die Idee, eine Spur von ihr auf den Friedhöfen der Insel zu suchen, war zwar anstrengend, aber erfolgreich und würzte unseren Urlaub mit ein wenig Spannung.

Noch unter dem Eindruck des alten Fischerhäuschens und dem, was uns Frau Jansen alles erzählt hatte, gingen wir hinauf zum sechsundsechzig Meter hohen Bakenberg. Sechsundsechzig Meter, das hört sich nach wenig an, aber in einem flachen Land ist das viel, die Aussicht war grandios. Wohin wir blickten, sahen wir grünes Land und Wasser.

Von Süden her schiebt sich der Zickersee in die Hügellandschaft und trennt den Lotsenberg auf Klein Zicker vom Rest der Halbinsel. Im Nordwesten ragt die lange schmale Halbinsel von Alt-Reddevitz aus dem Wasser und teilt die See in zwei Meerbusen. Hinter dem lang gezogenen Kiefernwald auf der Halbinsel Thiessow schimmert tiefblau die Ostsee. Rings um den Bakenberg breiten sich Trockenwiesen aus, goldgelbe hohe Gräser, Disteln, Schafgarbe und das rosa-weißliche Seifenkraut. Ein paar Büsche und niedrige Föhrenwäldchen lockern die Hügellandschaft auf.

Dunkle Wolkenberge zogen über das Zickersche Höft, das wie ein Bollwerk in der See stand, und zauberten ein betörendes Spiel aus Licht und Schatten auf die Ufer, Hügel und abgeernteten Kornfelder, auf denen große Strohballen standen.

Am Fuß des Berges liegt Groß Zicker. Das Dorf am Zickersee ist etwas Besonderes, denn an ihm ist der Bädertourismus des 19. Jahrhunderts mitsamt seiner Architektur vorbeigegangen. Das macht Groß Zicker heute so reizvoll. Hier erhaschten wir kleine Fetzen vom alten Dorfleben auf Rügen. Überflüssig zu erwähnen, dass Groß Zicker seit über siebenhundert Jahren in den Annalen auftaucht. Der „Hafen“ besteht nur aus einem Landungssteg und einem alten Schuppen, umso malerischer sind die Fischerboote, die zwischen dem wogenden Schilf in der kleinen Bucht im Wasser liegen.

Einfache Fachwerkbacksteinbauten prägen das Ortsbild, mit samtig grauem Reet gedeckt und halbrunden Dachgauben, die wie blinzelnde Augen in die Sonne sehen. Die Backsteinkirche sitzt wie eine Glucke auf der grünen Wiese, umgeben vom alten Friedhof und hohen Bäumen, und sieht auf den Zickersee hinaus. Die blühenden Gärten und die Gehöfte an der Straße, mit einem Wohnhaus im Hintergrund, flankiert von langen, niedrigen Ställen, versprühen etwas von dem Flair des früheren Fischer- und Bauerndorfes. In Groß Zicker ist es anders als in den Seebädern. Obwohl es viele Ferienwohnungen gibt, ist es hier beschaulicher und ruhiger. Das ist schön.

Sassnitz und rote Rosen für das Meer

„Nach Rügen fahren, heißt nach Sassnitz fahren“, legte Theodor Fontane seiner Effie Briest in den Mund. Die Entwicklungsgeschichte von Sassnitz fällt im Vergleich zu Binz, Sellin oder Göhren aus dem Rahmen. Der Heimatkundler Wolfgang Rudolph berichtet[33], dass einer der berühmtesten deutschen Theologen seiner Zeit – nicht Malte oder der rasende Roland – Sassnitz als Ferienziel entdeckte. Friedrich Schleiermacher und Frau Gemahlin reisten 1824 nach Sassnitz und mussten Bettzeug und sogar Bettstellen selbst mitbringen, da die Kammern in den armseligen Fischerkaten über derlei Luxus nicht verfügten. Immerhin wurde für die

Schleiermachers der Raum frisch gekalkt und der Lehmboden mit frischem Stroh bedeckt.

Das erste Hotel verdanken die Sassnitzer nach Rudolphs Recherchen einer holländischen Bark. Im Herbst 1868 jagte ein tosender Nordost das dreimastige Segelschiff auf die Felsen vor dem Sassnitzer Ufer zu. Strandgut bot den armen Fischern eine unverzichtbare Einnahmequelle, denn Schiff und Ladung durften sie behalten. Allerdings nur das, was an ihrem Strand anlandete. Neben dem Sassnitzer Abschnitt lag das Ufer von Crampas, dem Nachbarort, zu dem die Sassnitzer seit jeher Feindschaft hegten. Die holländische Bark konnte sich nicht entscheiden, bei wem sie auf Grund laufen sollte und schaukelte mal dahin, mal dorthin. Als sie sich schließlich an einem Sassnitzer Felsen verfing, wollten die Fischer sie nicht mehr vom Haken lassen. Sie schickten ihren besten Schwimmer mit einem Seil zu dem Schiff und zogen sich die fette Beute an Land. Die Sassnitzer schlachteten Schiff und Ladung aus und verkauften das Holz an einen Bergener Malermeister, der ein Jahr später daraus das erste Hotel baute. So hielt in Sassnitz der Seebadtourismus Einzug.

Der Stolz von Sassnitz ist der Hafen. Vor hundertzwanzig Jahren planten Rügener und Regierung einen Fährhafen auf der Insel zu bauen. Topfavorit war Kap Arkona, aber der Kaiser machte gerne in Sassnitz Urlaub und Sassnitz war im Kriegsfall leichter zu verteidigen. Die Arbeiten begannen ab 1889 und 1897 dampften die ersten Schiffe nach Trelleborg und zu anderen Ostseehäfen.

Der Fährhafen spielte nach dem Zweiten Weltkrieg eine Nebenrolle. Die sowjetische Besatzungsmacht befahl: Es sind alle Mittel zu mobilisieren, die Bevölkerung mit Ostseefisch zu versorgen – die Geburtsstunde des Fischkombinats VEB Sassnitz, das sich eine Zeit lang mit dem Titel „Größte Fischräucherei Europas“ schmückte.

Gefischt wurde seit Jahrhunderten, ohne Motorboot, ohne Segel, nur mit kleinen geteerten Ruderbooten. Eines davon ist mit den dazugehörigen Utensilien, inklusive der typischen

Kluft der Fischer, im Fischereimuseum zu sehen. An der Wand dahinter hat ein begnadeter Maler den alten Hafen gemalt, nämlich keinen Hafen, wozu auch, die Boote ließen sich leicht von ein paar Männern an den Strand ziehen.

Überhaupt lohnt sich ein Besuch im Fischereimuseum. Obwohl es erst 1993 eröffnet wurde, hat es den unvergleichlichen, etwas verstaubten Charme alter Heimatmuseen. Es ist vollgepackt mit einem Sammelsurium an Erinnerungen, die sich, wie ein Kaleidoskop, mehr dem Gefühl als dem Verstand einprägen. Vor allem im Raum über den VEB lernt der Besucher viel über den Fischfang zu DDR-Zeiten und das Hohelied auf den Sozialismus.

Wir parkten unser Auto vor dem Museumsschiff „Havel", das gegenüber vom Fischereimuseum vor Anker lag. Ich überredete Luisa, uns den Hochseetrawler anzusehen, bevor wir uns auf die Suche nach Familie Friedmann machten.

Die „Havel" wurde 1956 gebaut, hat in der Nordsee gefischt, diente hin und wieder den sozialistischen Staaten in Afrika als „Bruderhilfe" und schipperte in dieser Funktion bis zum Kap der Guten Hoffnung. Die letzte Hoffnung für das Schiff war, als Museumsschiff zu enden – voll fahr- und fangtüchtig. Die letzte Hoffnung für den Fischer war, als Museumswärter zu enden. Aber was ist das schon, wenn man zwanzig oder dreißig Jahre zur See gefahren ist?

Der Ton des etwa 50-Jährigen war barsch: „Eintrittskarte?"

„Äh, nein", Verwirrung bei mir, „ich dachte …" – lieber nicht. Der Seebär zuckte mit den Schultern und wollte sich abwenden, entschied sich aber anders: „Eintrittskarten gibt es drüben im Museum, steht doch groß dran", brummelte er.

Als wir fünf Minuten später mit den Eintrittskarten wiederkamen, führte er uns bereitwillig auf die Kommandobrücke.

Mit der Monotonie eines alten Schiffsdiesels blubberte der Museumsführer seine Erklärungen runter, die sich wie eine Betriebsanleitung anhörten. Und ich tappte prompt in das erste Fettnäpfchen: Nach drei Sätzen stellte ich eine Frage.

Ich hätte es wissen müssen, auf Schiffen werden keine Fragen gestellt. „Fragen am Schluss!“, kommandierte der Mann.

Als ich nach einigen Erklärungen erneut zu Wort kam, fragte ich, ob ich fotografieren darf. „Ja, aber halten sie den Betrieb nicht auf, wir haben nur zwanzig Minuten!“

„Der ist aber übellaunig“, flüsterte ich Luisa zu, als wir uns die schmale Stiege zum Mannschaftsraum hinunterhangelten. „Ob er Ärger mit seiner Frau hat?“

„Das glaube ich nicht“, antwortete Luisa nachdenklich, „hör ihm zu, dann weißt du, warum er so übellaunig ist.“

Luisa und ich sind sehr gute Zuhörer, das schien der Mann von Touristen nicht gewohnt zu sein. Ich spürte, er würde viel mehr erzählen, wenn ihm endlich jemand zuhören würde – und wenn er überhaupt Worte fände, für das, was er erzählen möchte. Ich entdeckte ein wehmütiges Glänzen in seinen Augen, als er von den Fahrten vor Schottland, der Westküste Afrikas oder von den Stürmen sprach, in denen sie die „Havel“ nur noch gegen den Wind legen konnten und die Brecher das Schiff unter sich begruben. Die Mannschaft saß dann unter Deck und trank Grog, weil man bei so einem Wetter unmöglich etwas arbeiten konnte. „Da hatten wir Freizeit“, erzählte er locker, als ob sie gemütlich in einer Kneipe gesessen hätten.

Im Mannschaftsraum – vier Kojen, ein Tisch und kaum so viel Platz, dass man sich umdrehen konnte – hingen alte Fotos von der „Havel“, wie sie, bis unter die Mastspitze mit dickem Eis bedeckt, in Sassnitz einläuft.

Der Mann zeigte uns die Kapitänskajüte. Der hatte Glück, dass er kein Hund war, sonst hätte wahrscheinlich der Tierschutzverein den Mangel an Platz beanstandet.

Mit viel Liebe erklärte uns der Museumsführer den Maschinenraum. Vielleicht war er Maschinist auf dem Schiff, aber ich traute mich nicht mehr zu fragen.

Mir ging längst etwas anderes durch den Kopf: Was tut dieser Mann hier? Sicher, vermutlich findet er keine andere Arbeit, aber einen Mann, der zupackt, der Stürmen getrotzt hat, der wohl Tausende Tonnen Fisch aus dem Meer gezogen hat, hinzustellen und Erklärungen geben zu lassen? Vermutlich muss er an einem Tag mehr reden als früher in einem Monat. Was mag in ihm vorgehen? Das war kein Mann, der Erklärungen gibt, das war ein Mann, der aufs Meer muss, um Fisch zu fangen. Kein Wunder, dass er so missmutig war.

Der Tourismus ist wahrscheinlich die einzige wirtschaftliche Chance für die Insel. Aber es gehört nicht viel dazu, zu sehen, dass Bauern keine Gastwirte und Fischer keine Fremdenführer sind. Und eine Insel ohne Fischer ist keine Insel mehr.

Wir schlenderten zur Mole, wo die bunten Holzkutter mit ihren Masten und Wimpeln, die leicht im Wind schaukelten, ein malerisches Bild boten.

Aber statt Fisch köderten die Eigner Touristen, um sie zu den Kreidefelsen zu fahren, bauten ihr Schiff zu Restaurants um oder stellten einen Räucherofen auf den Bug, um die Besucher mit appetitmachenden Duftschwaden von Räucherfisch einzuhüllen.

Am zweiten Steg, wo sich kaum jemand hinwagte, lagen ein paar Kutter, die offensichtlich noch zum Fischen rausfuhren. Zwei oder drei von ihnen sahen gut gepflegt aus, aber ein paar Schritte weiter hing an einem Boot ein unscheinbarer, fast verschämter Zettel an der Tür zum Ruderstand: „Zu verkaufen!“

Schräg gegenüber lag ein Schiff, das abgetakelt aussah. Um das Schlimmste zu verdecken, hatte der Besitzer das Deck mit einer Plane verhüllt. Durch die ehemals weißen Aufbauten aus Metall fraß sich der Rost, vom Holzrumpf blätterte die Farbe ab. An Deck lag Müll, rostige Metallteile, alte, verschimmelte Schwimmer von den Netzen, eine große, rostige Winde und Seile, an denen der Grünspan ansetzte. Auf den Deckplanken wuchsen ein paar Gräser. Der alte Kutter sah aus wie ein ehrwürdiger Baumriese, der gestürzt war und in Erhabenheit zerfiel. Er stand da wie ein Mahnmal für die untergegangene Fischereikultur.

Plötzlich entdeckten wir einen Mann, vielleicht Ende vierzig, der hinter dem Ruderhaus hervorkam und sich an Deck umsah.

„Ist das Ihr Schiff?“, fragte Luisa.

Der Mann sah kurz auf und brummelte: „Dat war mal min Schip.“

„Kennen Sie zufällig einen David Friedmann oder eine Familie Friedmann hier in Sassnitz“, fragte Luisa weiter.

„Nee!“, sagte der Mann wortkarg.

Wir sahen uns unschlüssig an. Luisa überlegte einen Augenblick und fragte dann sanft: „Sie hängen wohl noch sehr an ihrem Kutter.“

„Ach wat!“, antwortete der Mann unwirsch. „Wat vörbi is, is vörbi, da hilft ook keen reden nich.“

„Sie waren ihr halbes Leben auf See, dat geiht nich so vörbi, da bleebt immer wat“, sagte Luisa, ins Platt verfallend. Der Mann tat ihr leid.

„Nee, dat is wahr, da bleebt immer wat“, antwortete er mit versteinerter Miene.

„Wir haben uns das Museumsschiff angesehen“, sagte ich, warum, wusste ich nicht.

Der Mann lachte kurz auf: „Jo, die olle ‚Havel‘ hat mannich Glück gehabt, dat sie dort liegen darf. Aber wat mit meiner ‚Berta‘ wird, dat interessiert niemanden mehr.“

„Uns interessiert das“, sagte Luisa.

„Ach wat“, winkte der Mann unwirsch ab, „euch Landrotten is dat doch schietegol, wat mit uns is.“

„Das stimmt ja nun nicht“, warf ich mit einem süffisanten Lächeln ein. „Wat so ne richtig Rotte ist, die is mannich wat scharf up olle Fischköppe.“

Der Mann schien Humor zu haben und schmunzelte: „Da sagst’e wat. Diese Mistviecher sind schon eene Plage.“

„Schade“, sagte ich, „wir hätten uns Ihr Schiff gerne angesehen. Aber ich fürchte, Sie dulden keine Ratten an Bord.“

„Bei meiner ollen ‚Berta‘ spielt dat keene Rolle mehr“, erwiderte der Mann traurig.

„Wir würden Ihre ‚Berta‘ wirklich gerne kennenlernen“, hakte Luisa nach.

Der Mann überlegte einen Augenblick. „Na gut“, sagte er und fügte hinzu: „Aber nix anknabbern.“

Wir kletterten über das Schanzkleid an Deck.

„Knut Boderink“, stellte sich der Mann vor und reichte uns die Hand. Knut hatte nicht viel Erfahrung als Fremdenführer. In tiefstem Fischer-Jargon erklärte er uns, wie und wo die Netze ausgelegt und später prall gefüllt mit den Winden an Bord gehievt wurden. Ich verstand nur die Hälfte und wandte unbeholfen ein: „Da hatten es früher die Fischer mit ihren einfachen Kähnen schwerer.“ Knut sah mich angesichts des etwas dümmlichen Kommentars fragend an, erzählte dann aber: „Urgroßvadder is noch mit eenem Holzkahn rausgefahren, so eener, wie drüben im Museum stehen tut. Er hat immer nach Teer gerochen, hat Großvaddern vertellt. Weil er immer abdichten musste. Muss een lausiger Kahn gewesen sein. Aber er is raus damit und auf Hering. Teufelsritte war'n dat manchmal, wenn die See hoch ging, und trotzdem hat's oft nur für dünne Suppe und Brot gereicht. Urgroßmudder wollte ja wech, up dat Festland, in den neuen Fabriken arbeiten. Aber Urgroßvaddern hat immer gesagt: ‚Wat will ick in der Fabrik, de See und ick, dat is een Ding, da geht man nich wech.‘ Nu, am Ende is er ja och dort geblieben, draußen uf der See.“

Knut führte uns ins Ruderhaus und erklärte uns die Instrumente. „Na, dat stimmt schon“, sagte er schließlich. „Wir haben dat schon mannich einfacher gehabt. Als kleener Piefke hab ick mit min Vadder im Ruderhaus gestanden oder die Netze gefiert. Da konnte dat Wetter klabastern, wie dat wollte, ick wollte immer mit. Unsre ‚Berta‘, up ihren Planken war gewissermaßen mein Spielplatz und Kinderzimmer.“

„Und seitdem waren Sie hier auf dem Boot?“, fragte Luisa.

„Nee, nee“, antwortete Knut. „Wie ick älter wurde, hat mich mannich dat Fernweh gepackt. Ick bin den ganzen Tag bei der Fischfabrik rumgelungert und hab mit den Seeleuten von den Hochseetrawlern geschnackt. Denn hab ick mannich große Ogen und Ohren bekommen, wenn mir die Fischer wat vom Nordatlantik oder den afrikanischen Küsten vertellt haben.

Mit vierzehn bin ick wech us der Schule und hab als Schiffsjung angeheuert. Muddern hat getobt, aber Vaddern hat gesagt: ‚Lat den Jung maken, der is fixer wieder bi uns to Hus, als du dir dat denkst.'

Anfang September bin ick mit der ‚Karl Liebknecht II' ausgelaufen, ins Nordmeer.

Ick werd dat nienich vergessen. Ick hab an der Reling gestanden und up die Eisberge gekeekt, wie sie da blau und violett schimmernd in der Sonne lagen, dat is een Anblick, den vergisste nich. Und denn hab ick mir gesagt: ‚Nee, Vaddern, ick komm nienich mehr to Hus.'

Drei Tage später is dat losgahn, een Sturm, wie ick dat noch nich erlebt hab. Haushohe Brecher sind über dat Deck geschlagen. Ick sag euch, dat Brausen von dem Sturm und dat Donnern, wenn die Brecher übergeholt haben, so wat hast'e noch nich erlebt. Wenn ick rausgekeekt hab, hab ick nix als gischtende Wellen gesehen. Manchmal, da hast'e nich mehr sagen können, ob de noch über Wasser bist oder schon abgesoffen. Und ick hab mir gesagt: ‚Vaddern, ick komm to Hus.'

Die anderen Seeleute haben mir angegrinst und gefeixt. ‚Nu keek nich so, wenn dat Wetter so klabastert, musste nix arbeiten, da kannste dir mal ordentlich ausruhen.'

Nu, ick hab nich viel Ruhe gefunden. Der Smutie hat mich mit dem Kochlöffel verdroschen, weil ick den Suppentopf ganz voll gemacht hab. Und bei dem Seegang is der Schietkrom natürlich übergesuppt.

Kaum war der Sturm vörbi, ging dat erst richtig los. Alle Mann mit Eispickel raus und dat Eis abklopfen. Dat is ne tonnenschwere Last, wenn dat Schip vereist. Dat kann so een Kahn glattweg runterziehen. So ne Leine …", Knut zeigte mit Daumen und Zeigefinger einen Zentimeter an, „… da war armdick dat Eis druf", sagte Knut und fasste sich an seinen immer noch stattlichen Bizeps. „Da mussten wir vom Schip dat Eis abklopfen. Kaum warste damit fertig, denn kam wieder Wind uf. Aber diesmal half dat alles nix, wir hatten dat Netz voller Dorsch. Bei Windstärke acht sind wir raus und haben mit bloßen Händen die Netze gefiert. Dat war ne böse Schinderei, die See ging über und die Gischt is dir, kaum dat se dir ins Gesicht klatschte, angefroren. Und ick hab gedacht: ,Vaddern, ick komm to Hus.' Und dat war noch nich alles, der Fisch musste ja och gleich verarbeitet werden. Zweiundsiebzig Stunden stand ick mit hart gefrorenem Ölzeug an Deck und hab bei minus achtzehn Grad Dorsch geschlachtet. Die Ärmel waren vom Eis steinhart und haben die Unterarme blutig gerieben. Nu, dat ging ja nu och nur, weil wir genügend Schnaps an Bord hatten."

„Ihr habt von früh bis spät geschuftet?", fragte Luisa.

„Nee, nee", antwortete Knut, „dat war ja nur, wenn wir eenen Fang gemacht hatten. Oft sind wir lange gekreuzt, bis wir eenen Fischschwarm geortet haben. Denn war dat mannich öde up dem Schip. Es gab da nich viel, womit man sich hätte beschäftigen können, und ick sag euch, da benehmen sich ausgewachsne Männer wie lütte Lümmel. Eenmal, uf Südamerikafahrt, haben wir up dem Deck een Albatross zu fassen gekriegt und dem Porer Kalli in sei Koje under die Deck gelegt. Und wie der die Deck wegzieht, flattert der Riesenvogel uf und durch die ganze Kajüte – aber keene Angst, wir haben den Albatross denn wieder freigelassen. – Nee, war dat ne schöne Zeit. Die Südsee, drei Äquatortaufen und Afrika, dat war mannich schön und ick hab gesagt: ,Vaddern, ick komm nienich mehr to Hus.'"

„Aber Sie sind doch heimgekommen?", sagte Luisa.

„Jo!", sagte Knut nachdenklich, „1986 hab ick abgemustert und bin wieder zurück up unsere ,Berta'."

„Warum?", fragte ich.

„,Berta' hat den Sturm überstanden, aber min Vadder is draußen geblieben. Wie dat genau passiert is, hat niemand gesehen, muss irgendwie ausgerutscht sein und den Halt verloren haben. Ein Brecher, der überkam, hat ihn denn mitgenommen.

Also hab ick die ,Berta' übernommen. Dat is ja nu mal so, wenn Vaddern nich mehr is. Der ,Berta' und mir is dat och gut gegangen, jedenfalls bis die Wende kam, denn war dat vörbie mit uns Fischern. Von eenem Tag up den anderen waren wir

EU-Mitglied und durften nur so viel Fisch fangen, wie die aus Brüssel uns dat erlaubt haben. Dat war für mich nich zu machen. Dat halbe Jahr hab ick hier im Hafen gelegen. Dat geht nich, so een Kutter, der muss raus, sonst bringt dat nix.

Ick hab angefangen, als Rausschmeißer in eener Bar zu arbeiten. Damals hatte ick eenen mannich härtern Schlag als heute. Ick war och den ganzen Tag angedudelt bis zum Anschlag.

Nach der Entziehungskur hab ick in eenem Restaurant angefangen und mich bis zum Oberkellner hochgearbeitet. Dat is schon was, aber dat is eben nich das Meer. Ihr seht ja, mit der ‚Berta', dat wird nix mehr. Irgendwann muss sie hier weg. Aber ick bring dat noch nich übers Herz."

Wir hatten den Rundgang inzwischen beendet und Knut setzte sich schweigsam auf einen Schemel.

„Sie haben große Sehnsucht nach dem Meer, trotz der Schinderei?", fragte Luisa.

„Dat könnt ihr glauben. Meine jetzigen Freunde wissen dat nich, aber ick steh oft allein am Strand und schau aufs Meer. Wenn eener von den alten Kameraden stirbt, dann geh ick och an den Strand. Ick geh zu keener Beerdigung nich. Ick geh an den Strand und werfe für ihn een' Strauß rote Rosen ins Meer."

Knut schwieg und er sah aus, als ob er gesagt hatte, was zu sagen war. Ich sah vor mir das Bild, wie dieser harte Mann, der Sturm und Eis getrotzt hat, einsam am Strand steht, wie ein verlassenes Kind, und rote Rosen für einen Kameraden ins Meer wirft. Vielleicht weint er sogar, auch wenn man keine Tränen sieht, seine Seele, die weint.

Wie sagte Knuts Urgroßvater: „Dat Meer und ich, dat is een Ding."

Knuts Geschichte hatte uns beide tief berührt. Fast wortlos ließen wir ihn allein auf seiner „Berta" zurück. Wir kletterten auf die Mauer, die den Hafen vor Wind und Wellen schützte, und sahen aufs Meer.

„Ich suche alleine weiter, wenn du willst", sagte Luisa schließlich. Ich nickte und machte einen Spaziergang über die Strandpromenade. An deren Ende setzte ich mich auf einen Stein am Ufer und sah auf die ein- und ausfahrenden Schiffe. Ein Tiefdruckgebiet lag über der Insel. Ich hätte den ganzen Tag hier sitzen und Wolken und Meer beobachten können. Einen Tag Zeit, um festzustellen, dass das Meer blau und die Wolken weiß sind, so hatte ich es mir vor einigen Jahren einmal gewünscht. Im Augenblick waren das Meer und der Himmel grau, aber das Tiefdruckgebiet zog nach Osten ab und im Süden spitzelte die Sonne durch die Wolken.

Der Wind wehte schwach, sanfte Wellen schlugen ans Ufer. Langsam riss die Wolkendecke auf. Ein paar Sonnenstrahlen trafen auf das aschfahle Grau der See. Im Sekundentakt wechselte sie jetzt die Farbe. Silberne Spitzen, wo das Wasser sich kräuselte, ein paar blaue Wellen, die der Wind in das Grau blies, ein grauer, blauer und silberner Flickenteppich, an flachen Stellen mit türkis durchsetzt.

Ich hatte eine Banane gegessen und überlegte, wohin mit der Schale. Ich klaubte einige Steine weg für eine Mulde. Meine Hoffnung auf einen Schicksalsfund, einen Bernstein oder wenigstens einen Hühnergott, aufgefunden durch das Bananenschalenschicksal, wurde enttäuscht. Ich bedeckte die Bananenschale mit Steinen, einem nach dem anderen. Plötzlich kam mir die Idee, ein Grab, ein Hügelgrab, für meine Bananenschale zu bauen. Mit jedem Stein, den ich auf dem Hügel aufrichtete, wuchs die Faszination. Große, schwere Steine am Rand, zur Stütze, mit den kleineren füllte ich die Lücken. Vollendet und formschön wuchs das Bananenschalenhügelgrab, ein einzigartig kreativer Akt. Sicher, viele Leute hatten schon Bananenschalen unter Steinen versteckt, um zu vertuschen, dass sie den Strand verschmutzten, aber ich war der Erste und Einzige, der dies in dem Bewusstsein tat, ein Bananenschalenhügelgrab zu errichten. Ich hatte mich in mein Werk verliebt.

Es saßen noch ein paar andere Leute am Strand. Sie könnten auch ein Bananenschalenhügelgrab bauen, dachte ich, wenn sie eine Bananenschale zur Hand hätten. Aber sie wären nicht mehr die Ersten. Das war alleine ich.

Was für unsinnige Gedanken, dachte ich, und andererseits, es machte einfach Spaß, wie mit Bauklötzen zu spielen. Nur wer etwas völlig Unsinniges tun kann, versteht es, das Leben zu genießen. Der Unsinn ist ein Geschenk Gottes, weil er kein Ziel und Ergebnis braucht und manchmal mehr Fragen beantwortet als alle Gelehrten.

Vitt – David und die schöne Laura aus Göteborg

Luisa riss mich aus meinen Bananenhügelgrab-Gedanken. „Ich habe ihn gefunden", rief sie von der Uferpromenade herüber. Bis über beide Ohren strahlend, rannte sie auf mich zu.

„David wohnt in Vitt, hat einer der Fischer gesagt. Weiß du, wo das ist?"

„Oh nein, nicht Vitt", sagte ich. Nicht, dass ich Vitt nicht mochte. Es liegt einen Kilometer südlich von Kap Arkona. Ein Dutzend schneeweiß getünchte Fischerkaten mit ergrauten und bemoosten Reetdächern schmiegen sich in eine Liete, einen Einschnitt in die Steilküste. Auf der Dorfstraße, die hinunter zum Meer führt, schleicht sich von links und rechts jahrhundertealte Fischerromantik in die Seele. Die Straße endet am alten Hafen. Oberhalb davon saßen früher die Fischer und hielten Ausschau, ob sich das Meer dunkel färbte, das hieß, dass ein Heringsschwarm vorbeizog. Weil dann alles schnell gehen musste, feierten die Fischer selbst den Gottesdienst unter freiem Himmel. Die Uferpredigten wurden berühmt, nicht zuletzt durch den Altenkirchener Pfarrer Gotthard Ludwig Kosegarten.

Statt Bibelauslegung sang er Lobeshymnen auf die Schönheiten der Landschaft. Keine Frage, Kosegarten, der 1792 auf die Pfarrstelle in Altenkirchen kam, liebte Rügen inbrünstig, was er in seinen „Briefen eines Schiffbrüchigen" bisweilen schwulstig zum Ausdruck brachte. Kosegarten schrieb gerne und viel und rühmte sich, mit Herder, Schiller, Goethe und Wilhelm von Humboldt befreundet gewesen zu sein. Letzterer beschrieb den in Grevesmühlen geborenen Sohn eines Pastors so: *„Er ist groß, mager und hat ein kränkliches Ansehen. Er trägt offenbar das Gepräge des Genies an sich, doch hat er einen tief unglücklichen, gedrückten Zug … Überhaupt fehlt es seinem ganzen Wesen an Haltung und Harmonie; und er hat etwas Wildes und Zerstörtes … Seine Bildung ist offenbar merkwürdig und verrät eine große Natur, der es aber nicht gelungen ist, sich rein und vollkommen zu entwickeln. Im Gespräch äußert er viel Gutmütigkeit und Herzlichkeit und scheint sich leicht anzuschließen … ich habe ihn die wenigen Stunden hindurch nicht sonderlich interessant gefunden. … Er besitzt sicherlich ein feines und zartes Gefühl für das Schöne, aber an Geschmack und Beurteilungskraft fehlt es ihm ebenso gewiß."*[34]

Nicht sehr schmeichelhaft, was Humboldt schreibt, aber immerhin haben die Vitter Fischer Kosegarten eine Kapelle zu verdanken. 1808 hat Kosegarten Rügen verlassen und wurde Professor für Geschichte und Theologie an der Universität Greifswald.

In der Geschichte Vitts war Kosegarten aber nur eine Episode. Jahrhundertelang war der Ort ein bedeutender Umschlagplatz für Hering. Die Heringsmärkte nannte man Vitten, daher der Ortsname. Der Hering wurde an Ort und Stelle geräuchert oder in Salz eingelegt und verkauft.

Aber das beschauliche Fischerleben in Vitt ist vorbei. Tagtäglich, etwa ab neun Uhr, erlebt das reiche, arme Dorf eine kommerzgegebene Flut. Sie hat regelmäßig ihren Ausgangspunkt am Parkplatz von Putgarten. Von dort karren die Bimmelbahnen ihre Fracht zur Kosegarten'schen Kapelle, die oberhalb des Dorfes steht. Ist selbige besichtigt, ergießt sich der Strom bunt gewandeter Menschen über einen abschüssigen Weg den bewaldeten Hang der Liete hinunter und mündet schließlich in die Dorfstraße. Von dort plätschert er weiter Richtung Meer. Links und rechts stehen die alten Fischerkaten, die gar nicht mehr so alt aussehen, und begrüßen die Besucher mit Postkarten und Souvenirs. Etwa in der Mitte des Ortes verzweigt sich die Dorfstraße und der Besucherstrom überflutet die Seitenwege und Winkel des Dorfes, dass man meinen möchte, die Häuschen müssten in ihm ertrinken.

Soweit der Strom nicht vom „Goldenen Anker“ oder anderen Lokalen abgeschöpft wird, fließt er am alten Hafen wieder zusammen, wo es Räucherfisch gibt.

Statt Fischer sitzen dort die touristischen Botschafter aller Länder, es heißt sogar, man habe schon Maori und antarktische Pinguine gesichtet.

Luisa ließ das alles kalt. Schnurstracks lief sie von Dorfwirtschaft zu Dorfwirtschaft, bis sie bei den Booten am Strand endlich einen Einheimischen fand. Er wusste, wo David Friedmann wohnte. Der Fischer musterte Luisa skeptisch und seine Augen verrieten: Wenn eine Frau Mitte dreißig den David suchte, konnte das nur eines bedeuten.

Das alte Fischerhaus, in dem David angeblich wohnte, lag ein ganzes Stück außerhalb von Vitt und war größer und jünger als die Katen der Ortschaft. Ein weißer Zaun säumte den bunt blühenden Hausgarten. Ein schmaler Plattenweg führte auf die Haustür zu und teilte den Garten in zwei Hälften. Links neben der Tür stand eine grüne Hausbank und auf einer kleinen Wiese davor spielte ein Mädchen mit einem Puppenwagen. Die Kleine mochte fünf Jahre alt sein. Sie trug ein weißes Sommerkleidchen, das ihr bis zu den Knien reichte. Sie hatte sich einen sonnengelben Hut aufgesetzt, der zu groß für sie war, und spielte eine feine Dame. Nur die aufgeschlagenen Knie und die bloßen, kohlrabenschwarzen Füßchen wollten zu ihrer Rolle nicht passen.

Ungeniert betraten wir den Garten und gingen auf das Mädchen zu:

„Wohnt hier David Friedmann?“, fragte Luisa die Kleine.

Die schaute sie mit großen Kulleraugen neugierig an und nickte schließlich. „Willst du ihn mir mal herholen?“, hakte Luisa nach.

„Wer bist du denn?“, fragte das Mädchen zurück.

„Ich bin eine alte Freundin von ihm.“

Wieder schaute das Mädchen Luisa von oben bis unten an, während sie kokett mit den kleinen Hüften hin und her wiegte. „Na gut“, sagte sie schließlich und lief ins Haus.

Kurz darauf kam das Mädchen wieder. Sie führte einen hinfälligen Greis an der Hand. Der ausgezehrte Körper steckte in einer alten, ausgewaschenen, aber sauberen, braunen Kordhose. Er hatte ein weißes Hemd an, die obersten beiden Kragenknöpfe waren offen und ein Büschel grauer Brusthaare schaute heraus. Er wirkte ansonsten sehr gepflegt.

Ich beobachtete Luisas Gesicht, das sich verfinsterte. Selbst ihre Imaginationskraft reichte nicht, um aus diesem Männchen einen Mittdreißiger zu machen.

Eine letzte Hoffnung blieb noch: „Sie sind David Friedmann?“, fragte Luisa.

Der Alte sah sie an, als ob sie von einem anderen Stern käme. Zittrig trat er einen Schritt zur Seite, um Luisa im Profil zu betrachten. Luisa drehte sich ihm zu und war irritiert. Der Mann trat auf die andere Seite und musterte sie erneut. Plötzlich lächelte er. Er nickte heftig mit dem Kopf, als ob er seine Worte rausschütteln wollte. „Ja, ja, ick bin der David … und du … du bist die Laura?!“ Der Alte strahlte sie an und seine Augen funkelten einen jugendlichen Glanz. „Die schöne Laura aus Göteborg“, lispelte er zwischen seinen Zahnlücken hervor. „Dat ick dir noch mal sehen darf, dat is … ick weiß gar nich … dat is … komm, setzen wir uns bäten uf die Hausbank, komm setz dir zu mir.“ Er griff mit schon etwas verstaubter Galanterie nach Luisas Hand. Spontan zog Luisa zurück, aber ich warf ihr einen Blick zu, der keinen Widerspruch duldete.

„Dat war schon wat schön mit dir in Göteborg … Laura, dat du wieder da bist … dat is ja … also ick glaub dat nich“, stammelte der Alte. „Dat war so ne schöne Zeit, die wir hatten ... in Göteborg, damals. Wie lang is dat nu her ... ick bin ja nu mannich alt geworden ... fufzig Johr muss dat her sein ... oder schon mehr? Hast dich gar nich verändert, bist immer noch die schöne Laura aus der Haifischbar", sagte er galant.

„Wenn wir mit unserer Carolina eingelaufen sind, haste schon immer am Kai gestanden, weißte dat noch? Die eene Hand, die haste auf deinen ...", er schaute verschämt, „... deinen Schoß gelegt und mit der anderen haste mir gewunken und nen Kuss zugeworfen. Ick wees dat noch genau, und in der Haifischbar, da gab's den mannich guten Blaubeerschnaps. Und wenn der Björn denn ufgespielt hat, zur Polka, denn gab's für uns keen Halten mehr, denn haben wir getanzt, bis wir die Beene nich mehr uf Kurs halten konnten. ... weißte dat noch?" Luisa lächelte und nickte schüchtern. Sie sah sehr süß aus, wenn sie verlegen war.

„Die Polka, dat war dir halt dat Liebste ... ick hab immer gedacht, bist eigentlich een Polenmädchen... – Haste deine Kammer über der Schenke noch? ... Deine Kammer, dat war schon wat, ... twee Tage haben wir twee nix gebraucht als dein Bedd und die große Badewann. Ick glaub immer noch, deine Badewann, dat war die größte Wann in ganz Schweden, und wat wir da alles gemacht haben, in deiner Wann." Der Alte kicherte wie ein Schulbub. „Dat war schon wat, deine Kammer, den ganzen Tag haben wir uns geliebt – und geträumt ... weißte dat noch? ... von unserer Insel in der Karibik. Du hast dat immer so mannich fein erzählen können. Komm Laura, erzähl mir wat von unserer Insel. Ick hab so lange nix mehr von unserer Insel gehört."

Luisa sah mich Hilfe suchend an und ich flüsterte ihr zu: „Lass deiner Fantasie freien Lauf und erzähl ihm etwas von einer Südseeinsel."

„Wir haben uns eine Barkasse gekauft", fing Luisa an und wartete auf eine Reaktion des Alten. Er lächelte selig. „Wir haben sie Seerose getauft und rot und blau angestrichen, rot wie die Liebe und blau wie das Meer."

Luisa erzählte und versank dabei in ihre eigenen Träume.

Sie beschrieb die weißen Strände und das tiefe Blau des Meeres. Sie malte die schillernde und doch geheimnisvolle Welt der Korallenriffe aus, zu denen sie tauchten, sie sprach von den exotischen Früchten, die hinter ihrer Bambushütte wuchsen, und den Cocktails, die sie an ihrer kleinen Strandbar daraus mixte. Sie schwärmte von den Festen der Eingeborenen, von ihren ekstatischen Tänzen und der sinnlichen Leichtigkeit, mit der sie lebten. Sie erzählte von den Perlentauchern und den Schätzen, die sie aus dem Meer holte und sie fantasierte von den Liebesnächten im Mondschein am Strand.

„Ich sah dein geheimnisvolles Lächeln, ich ahnte, dass du mir etwas Besonderes mitgebracht hast.

Ungeduldig erwartete ich den Abend, bis wir allein waren und an den Strand gingen. Wir legten uns in den warmen Sand, du hast ein feines Stück Leder auf meinem nackten Bauch ausgebreitet und darin lag eine große schwarze Perle."

Dem Alten kullerte eine Träne herunter. „Dat ist gut, dat hast du schön erzählt. Ja, so war dat, so haben wir immer geträumt in deiner kleenen Kammer über der Haifischbar. Min Deern, du hast mehr Seemannsgarn gesponnen als een Flottenkommando zusammen. Deine Kammer, dat war eene Welt für sich, eene Insel, een kleenes Stückchen vom Paradies."

Plötzlich verdunkelte sich das Gesicht des Alten: „Ick weiß, ick hätte dir nich im Stich lassen dürfen, dat war nich recht, einfach nich mehr zu kommen, ohne een Wort." Luisa zuckte bei diesen Worten zusammen, sie kaute auf ihren Lippen, schluckte und konnte die Tränen doch nicht zurückhalten.

„Ick hätte dir sagen sollen, dat ick meine Klara geheiratet habe. Laura, du warst eene Frau zum Träumen, aber meine Klara, dat war eene Frau fürs Leben. Und wenn man die gefunden hat, denn bleibt man da och. Dat verstehste doch?"

„Psst, es ist gut", sagte Luisa und legte dem Alten sanft den Zeigefinger auf die Lippen.

„Vor zehn Jahren is meine Klara gestorben“, fuhr David fort, „seitdem is es mit mir och nix mehr.“

Der Alte starrte traurig vor sich hin. Dann sah er Luisa mit feuchten Augen an und sagte: „Und nu ist meine Laura wieder da und hat mir unsere Insel mitgebracht“, und seine Augen erstrahlten wie ein verglühender Stern.

„Ich bin nur auf der Durchreise hier, ich muss wieder gehen“, sagte Luisa sanft.

Der Alte nickte traurig: „Is schon recht, min Deern. Wir sind ja alle nur uf der Durchreise. Dat Leben hat uns eingeladen, für een paar Jahre Gast bei ihm zu sein, wenn sich nur och alle wie Gäste benehmen würden. Aber sie rauben den Gastgeber aus und wollen alles mitnehmen. Da scheren se sich nich drum, ob och für die anderen wat bleibt. Weißte min Deern, ick stell mir dat so vor, dat Leben, dat is wie eene große Festtafel und wir, wir sind die Gäste und dat Leben, dat hat alles hingestellt, wat man braucht, um miteinander een Fest zu feiern. Aber wat machen die Menschen? An eenem Tischende gibt's welche, die lassen sich von hinten und vorn bedienen, und uf der anderen Seite, da raffen die Gäste alles an sich, dat für die anderen nix mehr bleibt. Na und denn gibt es noch een paar, die trauen sich zwischen den Krakeelern und Raffzähnen nicht mehr, sich och zu nehmen, wat ihnen zusteht. Wir könnten so schön dat Leben miteinander feiern, wenn wir teilen und een bäten ufeinander ufpassen würden, damit jeder wat abkriegt.“ Der Alte schwieg und er schien sich in seinen Gedanken zu verlieren.

Luisa stand auf und fasste ihn an den Händen. „Komm, David, für eine Polka ist noch Zeit.“ Sie nickte dem Mädchen zu, das die ganze Zeit zugehört hatte, und die Kleine verstand sofort. Sie lief ins Haus, kam mit einem Kassettenrekorder zurück und legte eine Kassette ein.

Vorsichtig legte Luisa ihren Arm um den alten Mann und führte ihn im langsamen Polkaschritt über die kleine Rasenfläche im Vorgarten.

Als die Polka zu Ende war, küsste sie David auf die Stirn, die Augen und den Mund. Er weinte dabei.

Ich bewunderte Luisa in diesem Augenblick. Sie hatte die Macht zu heilen. Sie liebte große Auftritte und sie liebte es, sich zu inszenieren. Eben hatte sie einfach getan, was ihr Gefühl ihr eingab. Damit hatte sich der Kreis geschlossen: Siebenundzwanzig Jahre lang rumorte es in Luisa, dass ihre Begegnung mit David kein Ende gefunden habe. Und nun wurde sie auf der Suche nach ihrem Christophorus aus der Kindheit selbst zum Christophorus.

Vom Suchen und Finden

An unserem letzten Urlaubstag wollte Luisa allein sein. Seit der Begegnung mit David Friedmann war sie sehr still, schien aber zufrieden zu sein.

Ich schloss mich Andrea und Laura an, die einen Tagesritt quer durch den Süden der Insel zum Gustower Wiek planten.

Weite Kornfelder prägten die Landschaft. Goldgelb standen die Ähren duftend in der Augustsonne. Wir nutzten die Traktorspuren in den Feldern als Reitwege und trabten durch den wogenden Weizen, bis wir zu einer saftig grünen Wiese kamen. Andrea gab das Zeichen für den ersten Galopp. Die Pferde stoben los und unsere Reitführerin baute ein paar Schlenker ein, um die Galoppade zu verlängern.

Trotz der landwirtschaftlichen Nutzung finden sich im Muttland Kleinodien der Natur: Tümpel, an denen Binsen, Schachtelhalm und gefiedertes Schilf stehen, Buschwäldchen und Feldhecken, in denen Vögel zwitschern, weite Streuwiesen, wo zwischen allerlei Wildkräutern Klatschmohn und Kornblumen leuchten. Windschiefe Pappeln oder Weiden stehen wie stille Wächter in der Landschaft oder reihen sich zu Alleen. Was für ein Genuss, fernab der Touristenwege durch diese Landschaft zu reiten.

Im gemächlichen Schritt ritten wir durch Gustow und kamen kurz danach zu einer zwei Kilometer langen Wiese, an deren Ende eine kleine Anhöhe war – eine herrliche Galoppstrecke.

Andrea preschte mit ihrem Hengst voraus. Shiela machte unter mir einen Satz nach vorn und fiel in einen gestreckten Renngalopp. Die Kraft der jungen Stute brachte mich für einen Augenblick aus dem Gleichgewicht. Wir jagten über die weite Wiese und ich fühlte mich frei, einfach frei.

Kurz vor der Anhöhe verlangsamte Andrea das Tempo zu einem leichten Trab. Ich hatte Mühe, Shiela wieder unter Kontrolle zu bekommen, sie warf den Kopf hin und her, fügte sich aber schließlich. Sie schäumte und ich schwitzte am ganzen Körper.

Wir ließen die Pferde locker austraben und kamen nach Kajahn. Nach einer Pause unter der alten Linde des Gutshofes ritten wir weiter zum Gustower Wiek. Betörende Gerüche zogen uns um die Nase. Die Wildkräuterwiesen verströmten ihren Duft, die Kornähren wogten schwer im Wind und eine salzige Seebriese kam vom Meer herüber. Bäume und Sträucher warfen harte Schatten in das gleißende Sonnenlicht. Der schwere Geruch von Heu löste den Duft der Wiesen ab und ein Stück weiter erntete ein Bauer seinen Weizen.

Wir trieben die Pferde in den Strelasund und ritten am seichten Ufer entlang, auf der einen Seite das im Sonnenlicht glitzernde Wasser, auf der anderen das Schilf, in dem der Wind säuselte.

Nach einer Viertelstunde kamen wir an eine kleine Badebucht. Wir banden die Pferde an den Bäumen an, zogen uns aus und stürzten uns in die kühle Ostsee.

Mit kräftigen Zügen schwamm ich der Sonne entgegen. Meine Sinne verloren sich im Glitzern der kleinen Wellen. Zärtlich umspielte das Wasser meinen Körper. Jede Faser der Haut sog das Streicheln der Wellen in sich auf. Der sanfte Wind strich mir durchs Gesicht und durch die Haare. Ich drehte mich auf den Rücken und ließ mich treiben. Wellen und Wind liebkosten meinen Bauch, ein wohlig sinnlicher Schauer lief durch meinen Körper.

„Das tut gut“, seufzte ich und lauschte dem Flüstern der See. „Es scheint, als werde ich allmählich wieder ein Mensch“, dachte ich. „Ich tue unsinnige Dinge und alle Sinne scheinen hellwach zu sein und begierig, Licht und Farben, den Wind und den Duft der Blumen und Felder aufzusaugen wie ein trockener Boden das Wasser.“

Ich lächelte. „Eine gewagte These, dass wir nur Menschen sind, wenn wir es uns gut gehen lassen.“

„Gewagt, aber nicht überraschend, wenn der Alltag die Sinne kastriert.“

„Das Leben ist schön“, seufzte ich und dachte gleichzeitig an jene verkorksten Augenblicke, in denen Telefon und Handy gleichzeitig klingeln, die Waschmaschine überläuft, der Herd kaputt ist und der Pizzaservice wegen Salmonellen geschlossen hat.

„Das Leben ist trotzdem schön!“

Doch als ob mich die Gedanken provozieren wollten, fiel mir ein, wie ich mich immer ärgerte, wenn ein Redakteur meine Reportagen durch wirre Streichungen verhunzte. Ich grummelte: „Na und? Das Leben muss nicht immer schön sein.“

Plötzlich dachte ich an Luisa, sie hatte sich auf die Suche gemacht, die Erfüllung eines Kindheitstraums zu finden, vergeblich.

„Ihre Suche war nicht vergeblich. Sie hat David gefunden, in seinen Bildern und in ihrer Erinnerung. Sie hat etwas neu entdeckt, was sie verloren hatte.“

„Dann ging es ihr gar nicht darum, David wiederzusehen?“, überlegte ich und es schien mir, die Wellen flüsterten eine Antwort: „Was wir wirklich suchen, liegt oft tief verborgen in uns. Nur ein unbestimmtes Gefühl vermittelt uns eine Vorstellung davon.“

„Ich finde nie, was ich suche, immer nur, was ich früher gesucht und nicht gefunden habe.“

„Weißt du immer, was du suchst?“

„Ja, aber ich finde es nicht.“

„Falsch!“

„Wieso falsch?“

„Du findest immer Dinge, die du früher gesucht hast. Also findest du am Ende alles.“

„Das ist Wortklauberei. Was nützt es mir, wenn ich etwas finde, was ich früher gebraucht hätte, und nicht finde, was ich jetzt brauche?“

„Die Zeit spielt beim Finden keine Rolle, auch nicht, ob du das Gefundene brauchst oder nicht. Es geschehen manchmal Dinge, die das Leben durcheinanderwürfeln. Warum und wieso weiß niemand. Vielleicht, weil es nicht so wichtig ist, was wir suchen, sondern was wir finden. Luisa ist wie ein Kind über eine Blumenwiese gegangen und hat gepflückt, was sie sah. Sie hat alles und nichts gesucht, und mehr gefunden, als sie dachte.“

„Ich habe auch etwas entdeckt“, seufzte ich, „dass das Leben schön ist.“

Ich ließ mich treiben und meine Sinne verloren sich im Glitzern der See. Der sanfte Wind strich mir durch Gesicht und Haare und die Wellen liebkosten zärtlich meinen Bauch, und meine Gedanken kreisten um das letzte große Rätsel in dieser Geschichte: Wie, um alles in der Welt, hat Mr. Wallace den Waschstein gefunden?

Anmerkungen

1 Fundstelle: Reinhard Piechocki: „Romantiker auf Rügen, Hiddensee und Vilm", 2. Auflage, Putbus 1999, S. 24.
2 Gerd Lüpke: „Wie Rügen entstand"; in: „Unmerklich tanzt die Zeit", Rügen, Deutschlands äußerster Norden, Hrsg: Jürgen Grambow/Wolfgang Müns, Konrad Reich Verlag Rostock, 1998, S. 11.
3 Elizabeth von Arnim: „Elizabeth auf Rügen"; List-Verlag, 2003, S. 7.
4 Franz Werner Schmidt: „Vom wilden Jäger"; in: „Unmerklich tanzt die Zeit", a.a.O., S. 96f.
5 Heinrich Laube: „Eine Fahrt nach Pommern und der Insel Rügen", Reisenovelle, Text der Erstausgabe 1837. Fundstelle: www.spiegel.de/Projekt Gutenberg.
6 Leopold Spreer: „Malte, Herr und Fürst zu Putbus. Ein Lebensbild" Festschrift zur Feier des 50-jährigen Jubiläums des Königlichen Pädagogiums zu Putbus. Putbus 1886, S. 62; Fundstelle: André Farin: „Wilhelm Malte zu Putbus und seine Fürstenresidenz auf der Insel Rügen" 2. Auflage, Putbus 2002, S. 47.
7 Ludwig Sternaux: „Glanz in verblaßtem Schimmer: Putbus"; in: „Unmerklich tanzt die Zeit", a.a.O., S. 64.
8 Fundstelle: André Farin: „Wilhelm Malte zu Putbus und seine Fürstenresidenz auf der Insel Rügen" 2. Auflage, Putbus 2002, S. 57.
9 Fundstelle: André Farin; a.a.O., S. 31.
10 Gotthard Ludwig Theobul Kosegarten: „Briefe eines Schiffbrüchigen"; Fundstelle: www.spiegel.de/Projekt Gutenberg.
11 Gotthard Ludwig Theobul Kosegarten, a.a.O.
12 Fundstelle: www.hiddensee.de/kultur.
13 Alfred Haas: „Claus Störtebeker und Gödeke Michael", in: „Unmerklich tanzt die Zeit", a.a.O., S. 152ff.
14 Alfred Haas, a.a.O.
15 Alfred Haas, a.a.O.
16 Ludwig Sternaux: „Sehnsucht weckt das Fährschiff – jedesmal", in: „Unmerklich tanzt die Zeit", a.a.O., S. 61.
17 Evangelium des Johannes, Kap.1, Vers 1–3.
18 Fundstelle: www.spiegel.de/Projekt Gutenberg /Sagen.
19 Ernst Boll: „Vom Hütteneiland zum Waschstein", in: „Unmerklich tanzt die Zeit", a.a.O., S. 46.
20 Fundstelle: www.rügen-abc.de/Badekarren.
21 Heinrich Laube, a.a.O.
22 Wolfgang Rudolph: „Die Insel Rügen", Hinstorff Verlag Rostock, Nachdruck der Ausgabe von 1953, Rostock 1999, S. 29.
23 Fundstelle: www.hiddensee.de/kultur.
24 Wilhelm von Humboldt: „Tagebuch", in: „Unmerklich tanzt die Zeit", a.a.O., S. 26.
25 Otto Wendler: „Geschichte Rügens – von der ältesten Zeit bis auf die Gegenwart"; hrsg. im Jahre 1895, Verlag und Druck von Ferdinand Becker, Bergen u. Sassnitz auf Rügen.
26 Wilhelm von Humboldt, a.a.O.

27 Franziska Tiburtius: „So ist die Insel Rügen jetzt im Weltverkehr einbeschlossen", in: „Unmerklich tanzt die Zeit", a.a.O., S. 204.
28 vgl. Franziska Tiburtius; a.a.O., S. 190ff.
29 Alfred Haas: „Rügensche Rauchhäuser", in: „Unmerklich tanzt die Zeit", a.a.O., S. 99.
30 vgl. Franziska Tiburtius, a.a.O.
31 vgl. Otto Wendler, a.a.O.
32 Franziska Tiburtius, a.a.O
33 Wolfgang Rudolph, a.a.O., S. 55ff.
34 Wilhelm von Humboldt, a.a.O., S. 25f.

Inhaltsverzeichnis